Friedo Lampe

Von Tür zu Tür

Septembergewitter und andere Geschichten

Friedo Lampe: Von Tür zu Tür. Septembergewitter und andere Geschichten

Erstdruck: Hamburg, Goverts, 1944 mit dem Untertitel »Zehn Geschichten und eine«. Erstdruck »Septembergewitter«: Berlin, Rowohlt, 1937. In der vorliegenden Neuausgabe wird »Septembergewitter« als erste statt letzte Erzählung abgedruckt.

Neuausgabe
Herausgegeben von Karl-Maria Guth
Berlin 2017

Umschlaggestaltung von Thomas Schultz-Overhage unter Verwendung des Bildes: Max Zettler, Spaziergänger auf der Theresienwiese

Gesetzt aus der Minion Pro, 11 pt

Die Sammlung Hofenberg erscheint im
Verlag der Contumax GmbH & Co. KG, Berlin
Herstellung: BoD – Books on Demand, Norderstedt

ISBN 978-3-7437-2229-3

Bibliografische Information der Deutschen Nationalbibliothek

Die Deutsche Nationalbibliothek verzeichnet diese Publikation in der Deutschen Nationalbibliografie; detaillierte bibliografische Daten sind im Internet über www.dnb.de abrufbar.

Inhalt

Septembergewitter

Nachmittags so gegen vier Uhr war der Ballon in der Nähe von Osnabrück in die Luft gestiegen – und nun glitt er sanft da oben durch den stillen, blauen Raum, schöne weiße, runde Wolken glitten neben ihm her, und da unten lag unendlich weit gebreitet das grüne Wiesenland. Herr Gyldenlöv hatte mit seinem Freunde Thorstedt eine Wette gemacht, dass er den Mut habe, mit einem Ballon von Deutschland nach Dänemark zu segeln – nun stand er wahrhaftig in dem Hängekorb, und Tine, seine couragierte junge Tochter, und der Ballonführer standen neben ihm, und sie schauten alle in das Land hinunter. Herr Gyldenlöv sah durch sein langes Fernrohr und sagte: »Da unten liegt eine Stadt am Fluss«, und gab Tine das Glas. Und Tine sah die Stadt liegen: klein zwischen Wiesen am braunen Fluss, Brücken und den Hafen, die dicken dunkelgrünen Baummassen des alten Walls und das sanft grünspanig leuchtende Kirchturmdach und das schwarze Schiff im Dock und den weißen Vergnügungsdampfer, der unter den Brücken durchfuhr, mit zurückgelegtem Schornstein, und in die Wiesen hinaus, und am Fluss den Kirchhof mit den winzigen Kreuzen und Grabsteinen – und Wiesen, Wiesen ringsherum mit kleinen Kanälen und Flüssen und darauf schwarze Kähne mit braunem Segel und alles so still und unbewegt im Nachmittagslicht. Kühl war es hier oben und klar, eine leichte Luft, und Tine sagte: »Wie friedlich liegt das da, wie muss man da idyllisch wohnen.« Aber Herr Gyldenlöv sagte: »Das sieht wohl nur von oben so aus.«

Ja, es sah wohl nur von oben so aus. Denn da unten, da war es gar nicht kühl, sondern es war ein schwüler Spätsommernachmittag, windstill und schwelend. Und auf dem St.-Ägidien-Friedhof, der neben dem Flusse lag, und der von oben so niedlich sauber aussah, da saß eine Frau brütend in einem schwarzen Kleide auf der Bank vor dem Grabe, eine große stattliche Frau mit dunklem Haar und bleichem Gesicht, und schaute auf das Grab und die üppig blühenden Blumen und in die Erde hinein. Aber der alte Friedhofsgärtner und Aufseher, der da gerade an einem frischen Grabe schaufelte, er hatte einen großen gelben Strohhut auf und scharfe graue Augen, das war ein lustiger alter Mann, und er rief zur Gärtnerwohnung hin: »Meta, Anni, kommt doch schnell mal her, ein Ballon«, und die Mädchen, die dabei waren, einen Drachen zu kleben, den sie drüben auf dem Werder steigen lassen wollten, die kamen denn auch herangelaufen, und sie konnten den Ballon noch einen Augenblick sehen – ruhig schwebte er durchs weiche Blau, eine braune Kugel, golden angeleuchtet vom Sonnenlicht, und dann war er hinter den dichten Baumwipfeln verschwunden.

»Gott, ich krieg' auf einmal so 'n Hunger«, sagte Tine da oben, »das macht diese frische kühle Luft«, und sie nahm aus der ledernen Tasche, die sie umhängen hatte, ein Stück Schokolade und begann zu knabbern. »Nun kann es doch wohl nicht mehr lange dauern, dann sehen wir: das Meer«, meinte Herr Gyldenlöv. »Da liegt es ja schon«, sagte der Ballonführer. Richtig, da leuchtete ja schon ganz fern am Horizont hinter dem Wiesengrün ein schmaler duftiger, hellblauer Streif. Aber nicht auf diesen Streif schaute der Ballonführer mit so finsterem Gesicht, sondern auf eine Stelle des Himmels, wo er sich weiß und fahlgrau färbte. Sollte das heute doch noch was geben?

Schwüler Spätsommernachmittag der alten Stadt, üppig blühend, windstill und schwer, und schwelend auf seinem Grunde. Immer dichter wachsen die Gärten zusammen, immer höher wuchert das Gras, immer dumpfer wird die Luft im Laubendunkel. Die muffigen, verhangenen, golddämmernden guten Stuben mit den roten Plüschmöbeln, die Satten dicke Milch, kühl, rahmgelb auf der Fensterbank, die Brummer auf Schinken und Wurst in der Speisekammer, der Duft der Äpfel unten im Keller auf den hölzernen Borten. Das Klaviergeklimper aus dem offenen Fenster auf die stille, tote, sonnige Straße und die Blumen auf den Gräbern des St.-Ägidien-Friedhofs, die schlaff die Köpfe hängen lassen, und die großen Schmetterlinge streichen müde darüber hin. Die Schwäne auf dem Wallgraben, die ruhevoll dahinsegeln und die Hälse in das kühle braune Wasser tunken, der weiße Vergnügungsdampfer, der den Fluss runterfährt, in den Wiesen liegend am Werder sieht man den gelben Schornstein durch das Grüne ziehn, und man hört das Rauschen der Radschaufeln. Dies ist die Zeit, wo die Kinder die Drachen steigen lassen. Sie stehen auf dem Werder und halten die Schnur in der Hand, und die Drachen schweben ruhig hoch oben in der blauen Luft, nur die langen Papierschwänze schlenkern wohl mal ein wenig hin und her. Und die Soldaten exerzieren auf dem Werder, man hört die Kommandos schallen über Wiese und Fluss und wohl auch das Geknatter der Gewehre, und man hört das Gehämmer aus dem Schiffsdock hohl tönen über den Fluss und das Gekreisch aus der Badeanstalt.

Es ist die Zeit, wo es schön ist, am Nachmittag im Bürgerpark vor dem Schweizerhaus zu sitzen und seinen Kaffee zu trinken und auf den Viktoriasee zu blicken und auf die Wiesen und Bäume und auf die grünbemoosten Figuren, Najaden und Tritonen, die am Ufer stehen. Wöhlbiers Militärkapelle spielt zackige Märsche und Walzer und Operettenpotpourris, die Musiker haben blaue Uniformen und am Kragen goldene Litzen, und die Trompeten funkeln in der Sonne. Wenn die Kapelle aufhört, wird es für einen Augenblick still, und man hört das gemütliche Geplauder der Leute an den Tischen, über den Bäumen weg fliegt ein großer schwarzer Vogel ins sanfte Blau, und von ferne tutet die Eisenbahn.

Da kann es wohl sein, dass man plötzlich an diesen schrecklichen Mord denken muss, der da vor zwei Tagen im Bürgerpark bei der Borkenhütte an einem jungen Mädchen, einer Lehrerin, namens Marie Olfers – »Sag mal, hatte Mariechen nicht früher auch mal bei ihr Unterricht?« – »Das ist ja gerade das Schreckliche, war doch ihre Klassenlehrerin ...« – verübt worden war. Der Täter war bis jetzt noch nicht gefunden. So was konnte einem schon die gute Stimmung verderben, man wollte auf einmal nach Hause gehen. »Aber bitte nicht an der Borkenhütte vorbei, wir machen lieber einen Umweg.« – »Du Angsthase, jetzt passiert dir da sicher nichts, und ich bin doch auch bei dir.« – »Ach, an der Borkenhütte passiert immer was, das ist so 'n Unglücksort, da ist es nicht geheuer. Damals hat sich doch auch Bankier Lüders da erhängt, als er nicht mehr weiter wusste. Nein, man sollte die ganze Hütte niederreißen, das wäre das Beste.« Aber dann begann wieder Wöhlbiers Militärkapelle mit dem Potpourri aus der »Lustigen Witwe«, und man vergaß allmählich diese unheimliche Geschichte.

»So, nun muss er noch ein Gesicht haben«, sagte Anni, »das musst du ihm malen, ich kann das nicht.« – »Das will ich schon kriegen«, sagte Meta und kramte in ihrer Schulmappe und holte den kleinen Tuschkasten heraus, tat etwas Spucke in den offenen Deckel und rührte die Farben an.

»Dora, was soll er für ein Gesicht haben?«

»Nun lass mich doch endlich in Ruhe«, sagte Dora, die am offenen Fenster saß und in einem Blatt Papier las und zuweilen den Kopf hob und die Lippen leise bewegte. »So kann ich das doch nicht auswendig lernen. Er muss natürlich lachen. Drachen lachen doch immer. So 'n Sonne-Gesicht.«

»O ja, mach mal, dass er lacht«, sagte Anni.

»Oder soll er weinen – so?« sagte Meta und zog ihren Mund nach unten und guckte Anni mit ihren dunklen Augen unglücklich an.

»Och nö, nicht weinen.«

»Jetzt weiß ich was«, sagte Meta, und sie malte schnell ein Gesicht auf, die eine Hälfte war lustig und die andere traurig, das eine Auge war rund und lachte gutmütig, und aus dem andern tropften dicke Tränen, und der Mund war halb nach oben gebogen und halb hing er schmerzlich nach unten.

»Ein Lach-Wein-Gesicht«, rief Anni und hopste begeistert im Zimmer herum. »Dora, guck doch mal, ein Lach-Wein-Gesicht. Das ist schick, Meta.« Meta ließ sich gar nicht stören, malte erregt weiter. Dicke Augenbrauen rund, Backen rot, Haare gelbstrahlig, Nase blau. Nun kam auch Dora gelangweilt an den Tisch.

»Hm, wirklich ganz komisch, aber nun seid auch mal 'n bisschen leise.« Und dann setzte sie sich wieder ans Fenster und sagte vor sich hin: »Die Herzogin war eine Italienerin, und sie soll sich nie wohlgefühlt haben hier oben im Norden, sie soll so jung gestorben sein, weil sie so großes Heimweh hatte. Deshalb ließ ihr der Herzog diese lateinische Inschrift auf die Grabplatte meißeln, die übersetzt also lautet:

> Klare Luft und blaues Meer,
> Das vergaß sie nimmermehr,
> Konnt' im Tode erst gesunden,
> Hat zur Heimat zurückgefunden.«

Die große schwarze Frau trat von dem Grabe weg und ging langsam zu dem Friedhofsgärtner hinüber. »Der Buchsbaum von meines Mannes Grab ist schon wieder niedergetreten.«

Der alte Mann ließ die Schaufel liegen und krabbelte aus dem Grab und folgte ihr und sah sich den Schaden an. »Die grässlichen Göhren, das waren natürlich wieder meine beiden Enkelkinder, ich seh's ja an den kleinen Fußabdrücken. Wann die wohl mal lernen, wie man sich auf einem Friedhof zu benehmen hat.« – »Das müssten sie doch allmählich wissen«, sagte Frau Hollmann. »Sie sind ja erst kurze Zeit bei mir«, sagte der Großvater, »als meine Tochter vorigen Herbst starb, habe ich die drei Kinder zu mir genommen. Ich hab' sonst viel Freude an ihnen, sind so reizende gute Kinder, und sie helfen mir auch, Dora kocht für mich, und jetzt soll sie auch die Führung durch die Kirche und Sakristei übernehmen – ja, aber dies Rumtollen auf den Gräbern, das geht natürlich nicht, das muss man ihnen – sieh, da kommen sie ja gerade, oh, mit dem Drachen, sie haben sich nämlich einen Drachen gemacht, sie sind ja so furchtbar geschickt, die beiden Mädchen, und nun wollen sie mir den Drachen zeigen.«

Meta ging voran und schwenkte den Drachenkopf, damit das Gesicht noch etwas trockne, und Anni trug den Schwanz aus lauter bunten Papierröllchen am äußersten Ende. Sie blieben stehen, als sie den Großvater bei der fremden Dame sahen, die sie so ernst anblickte mit ihren schwarzen Augen in dem blassen Gesicht, und die so groß war und so schwarz gekleidet jetzt im Sommer, im Sonnenschein, unter den Bäumen.

»Kommt mal her, seht euch das mal an, nun habt ihr doch wieder auf dem Friedhof herumgespielt und Frau Hollmann das schöne Grab zertreten. Kinder, das geht doch nicht.« Die beiden Mädchen standen bedrückt da, und Meta ließ den Drachenkopf sinken und bohrte mit der Fußspitze ein kleines Loch in die Erde. Anni sah abwartend den Großvater an. Der lustige Großvater, war er denn wirklich böse, na, na, wird er nicht gleich ein wenig lächeln?

»Nun lassen Sie man die Kinder«, sagte Frau Hollmann.

»Ich müsste viel strenger mit euch sein«, sagte der Großvater. »Nun kommt mal her, nun stört Frau Hollmann nicht länger.« Die Kinder traten zurück, und der Großvater wandte sich nochmal um und sagte: »Sie entschuldigen das, nicht wahr? Für die Kinder ist dies eben ein schöner Garten zum Spielen. Oh, zu Hause auf dem Lande, da hatten sie einen so großen Garten, aber es geht natürlich nicht.«

»Ist nicht so schlimm«, sagte Frau Hollmann und schritt zu ihres Mannes Grab zurück, setzte sich auf die Bank davor, die Hände matt im Schoß.

»Wir wollten dir doch den Drachen zeigen«, sagte Meta und hob zaghaft den Drachenkopf und zeigte das Gesicht.

»Ein Lach-Wein-Gesicht«, sagte Anni.

Der Großvater musste an sich halten, dass er nicht laut loslachte, aber dann sah er scheu zu Frau Hollmann hinüber und sagte nur: »Auf was ihr nicht alles kommt, das ist ja glänzend«, und dann schob er sie sanft fort: »Nun geht man nach draußen und spielt noch 'n bisschen, aber zur rechten Zeit zum Abendbrot da sein.«

»Wir wollen doch den Drachen noch steigen lassen.«

»Kinder, ist ja gar kein Wind. Und wer weiß, vielleicht gibt es heute noch 'n Gewitter.«

»Wir gehen doch los«, sagte Meta. »Opa, können wir ihn hier 'n Augenblick liegenlassen zum Trocknen?«

»Ja, ja.«

Die Mädchen liefen fort. »Letzten«, sagte Anni und tippte Meta an den Arm und raste fort. »O du«, rief Meta und raste ihr nach. Zwischen Gräbern durch, hops, über eine Steinplatte, an der weißen Kirche vorbei aus der Friedhofspforte.

Stille. Der Großvater stand wieder in dem Grab und schaufelte, man hörte, wie die Schaufel hin und wieder an einen Stein stieß. Frau Hollmann saß still brütend auf der Bank, und Dora murmelte noch immer ihren Text vor sich hin, dort am offenen Fenster. Großvaters Bienen – da hinten in der Ecke an der Mauer standen drei Körbe – summten über den schlaffen Spätsommerblumen, die üppig auf den Gräbern wuchsen, und die großen Schmetterlinge setzten sich müde auf die Kreuze, vom Fluss her tönte hohl das Gehämmer aus der Werft – da begann die Orgel in der Kirche leise zu summen und zu klagen, goldenwarme Töne, süß und feierlich, schwammen über die Gräber hin.

»Ich glaube, jetzt kann ich's«, sagte Dora.

»Na, dann schieß mal los.« Der Großvater stand aufrecht im Grabe und legte die Hände auf den Schaufelgriff. »Nun guck dir bloß das Gesicht an«, sagte er. – »Nun haben sie ihn hier stehenlassen«, sagte Dora. »Ich will ihn man reinnehmen.« – »Ach, lass ihn doch da, ich seh' ihn mir gern noch 'n bisschen an. Sag du man deinen Text her.« Der Drachen blieb also da, und der Großvater guckte wohl mal zu ihm rüber, während Dora ihren Text herdeklamierte. »Nicht so laut«, sagte der Großvater und blickte auf Frau Hollmann, und Dora beugte sich noch weiter zu ihm runter, die Hände auf die Knie gestützt: »Also nochmal: Mit dem Bau der Kirche ist schon im neunten Jahrhundert begonnen worden. Ursprünglich hat hier ein Kloster gestanden, das hat der heilige Ägidius begründet. Mit seinen Mönchen ist er von weit hergekommen, um auch in diese Gegend das Christentum zu bringen, und da fand er an unserem Fluss diese Stelle, hier war eine langgestreckte hohe Düne, und Fischer hatten sich hier angesiedelt, weil man hier den Fluss besonders gut überqueren konnte. Da sagte sich der heilige Ägidius ganz richtig ...«

»Hm, gar nicht übel«, meinte der Großvater, »das geht wie geölt, nur noch 'n bisschen einfacher musst du sprechen, so, als wenn du's mir eben gerade erzählst.«

»Ja, das weiß ich wohl, aber das kann man nicht gleich.«

»Kommt schon, kommt schon.«

Meta und Anni schlichen leise auf Fußspitzen durch den hohen Kirchenraum, sie drückten sich in eine Bank und lauschten. Weiß und grell fiel das Sonnenlicht durch die hohen schmalen, staubigen Fenster auf die kalkweißen kahlen Wände und den Fußboden, und die Altardecke, auf der die dicke schwarze Bibel lag, leuchtete blutigrot. Oben an der Orgel saß Herr Metzler rund über die Tasten gebeugt, man sah nur seinen breiten schwarzen Rücken. Und die Kinder sahen nicht, dass noch jemand hinter ihnen durch die Tür in die Kirche getreten war, ein Mann mit einem runden freundlichen frischen Gesicht, mit kräftiger Nase und vollen roten Lippen und braunen träumerischen Augen, die feucht aufglänzten bei der schönen Musik.

Immer mächtiger schwoll die Orgelmusik an, dunkel flutend, wühlend und dumpf rumorend, aufklagend und süß ziehend – und Meta legte die Arme auf die vordere Bank und den Kopf darauf und träumte so hin, schwamm mit in diesem dunklen Strom von Tönen, wurde mitgezogen in dies rote düstere Meer der Klage, tauchte unter in das schwarze dicke Gewoge, wie der Schwan untertaucht und überschwemmt wird von den drohenden Wellen, wenn das Gewitter die Fluten des Sees aufwühlt.

Und währenddem sagte Dora: »Die Herzogin war eine Italienerin, und sie soll sich nie wohlgefühlt haben hier oben im Norden, sie soll so jung gestorben sein, weil sie so großes Heimweh hatte. Deshalb ließ ihr der Herzog diese lateinische Inschrift auf die Grabplatte meißeln, die übersetzt also lautet:

Klare Luft und blaues Meer,
Das vergaß sie nimmermehr,
Konnt' im Tode erst gesunden,
Hat zur Heimat zurückgefunden.«

»Ja, Dora«, sagte der Großvater, »klare Luft und blaues Meer, das vergisst er nimmermehr.«

»Glaubst du wirklich, Opa, ich hab' ja manchmal auch so das Gefühl, dass er nicht bleibt.«

»Er ist ja so 'n Luftikus«, sagte der Großvater.

»Gott, ich hab' ja solche Angst, jetzt liegt doch die Tosca im Hafen, weißt du, mit der er früher gefahren ist, und die fährt zurück nach Genua, heute Abend; gestern ist er schon mit dem Bootsmann zusammen gewesen.«

»Nun«, sagte der Großvater, »heute wird's ja wohl noch nicht sein.«

Meta lag mit dem Kopf auf der Bank und weinte, schluchzte laut, ohne es zu wissen, und Anni beugte sich über sie und schüttelte sie: »Was hast du denn, was ist denn?« Und Herr Metzler hörte auf zu spielen, stand auf und drehte sieh rum und blickte mit seinem dicken blassen Gesicht und den kleinen schwarzen Augen stumpf auf das Mädchen runter, die Hände auf das Geländer der Empore gestützt.

»O Onkel Metzler«, rief Meta zu ihm rauf und lächelte schüchtern und schluchzte dabei nochmal auf, »wie hast du traurig gespielt – wie war das schrecklich traurig.«

»Traurig und schön«, sagte eine Stimme hinter den Mädchen dunkel und voll, und die Mädchen drehten sich rum und sahen da den Mann stehen, und auch Herr Metzler sah auf den Mann, starr und blass und tief erschreckt.

»Was wollen Sie?« fragte er leise.

»Sie zur Polizei bringen«, sagte der Mann ruhig und lächelnd, »weil Sie hier so schandbar, so verbrecherisch schöne Musik machen. Sind Sie so gut und kommen mal hier runter, ich möchte gern mal mit Ihnen sprechen.«

»Ja«, sagte Herr Metzler und stieg langsam schweren Schrittes die Wendeltreppe von der Empore hinunter. Die Mädchen hätten gerne noch etwas mit Onkel Metzler geplaudert, aber als sie nun sahen, dass der fremde Herr ihn so sehr mit Beschlag belegte, gingen sie still aus der Kirche. »Jetzt ist er wohl trocken«, meinte Anni. Sie gingen also auf den Friedhof, um Lach-Wein-Gesicht zu holen. Es wurde ja auch Zeit, dass sie zum Werder kamen. »Ich weiß nicht, Kinder«, sagte der Großvater, »es wird so schwül, und die Sonne ist so stechend, vielleicht gibt es noch ein Gewitter. Ist doch auch gar kein Wind.«

»Wir wollen es trotzdem versuchen«, sagten die Mädchen.

»Was hast du denn für 'n verheultes Gesicht?« sagte Dora.

»Ach nichts«, sagte Meta.

»Nein, das war wunderbar«, sagte der Herr, »ich hab' Sie schon ein paarmal gehört am Nachmittag, wenn ich auf meinem Spaziergang hier vorüberkam, aber so schön wie heute haben Sie noch nicht gespielt. Was war das denn für ein Stück, das Sie da spielten?« Seine roten Lippen leuchteten, als schmecke er noch einmal in der Erinnerung die Töne nach.

»Ach, das war nichts, das war so 'ne eigene Fantasie, so 'n dummes Zeug –«

»So was können Sie erfinden? Oh, das müssen Sie aufschreiben, das ist was Besonderes. Ich verstehe etwas von Musik, habe selber ein Harmonium zu Hause und spiele wohl mal so 'n bisschen drauf. Bin natürlich ein blutiger Dilettant, aber so viel merke ich wohl, dass Ihr Spiel was Besonderes ist. Wissen Sie, das ging einem an die Nieren – war gar nicht darauf gefasst, so was in einer Kirche zu hören.«

»Wie meinen Sie?« fragte Herr Metzler, ihn von unten finster anblickend.

»Ja, wissen Sie, das war gar nicht so 'ne fromme Kirchenmusik, nee, nee. Da war ja Leidenschaft drin und Blut, wissen Sie. – Aber nun quassle ich hier so, und ich wollt' Ihnen doch eigentlich nur sagen, ob Sie nicht mal zu mir kommen wollen, um mir etwas vorzuspielen? Man hat ja so wenig Menschen, und ich hab' das Gefühl –«

»Doch«, sagte Herr Metzler zögernd, »wenn noch Zeit dazu da ist.«

»Gott, Sie werden doch wohl mal ein paar Stunden nachmittags Zeit haben, dann plaudern wir mal gemütlich, meine Schwester kocht uns 'nen strammen Kaffee, und dann spielen Sie mir was vor auf dem Harmonium – wollen doch gleich mal 'n Tag festlegen. Passt Ihnen Donnerstag Nachmittag?« .

»Doch, das ginge wohl.«

»Dann kommen Sie doch so gegen fünf. Passt das? In Ordnung. Ich heiße Runge, Christian Runge, und wohne Am Wallgraben 67. Können Sie das behalten? Ich will's Ihnen lieber aufschreiben.« Herr

Runge holte einen Notizblock raus und schrieb die Adresse auf, und Herr Metzler fragte indessen: »Sind Sie der Dichter Runge, der Mann, der die schönen Herbstgedichte gemacht hat?«

»Ja, ja, das bin ich, entschuldigen Sie man«, und freundlich lachend gab er ihm den Zettel und reichte ihm die Hand: »Also Donnerstag. Aber ich weiß ja noch gar nicht, wie Sie heißen. Metzler? Also auf Wiedersehn, Herr Metzler, Donnerstag bestimmt, dann wollen wir mal ordentlich in Musik schlampampen, was?«

»Ich kann ja ruhig das rote Kleid anziehen«, dachte Frau Hollmann, »aber glaubt man nicht, dass das was ändert. Für mich ist es vorbei, vorbei, vorbei.« Und dann durchfuhr es sie plötzlich: der Schlüssel, und sie presste die Handtasche gegen den Leib, dann kramte sie hastig in der Tasche herum – der Schlüssel war nicht da. Ob Mutter heute an den Schrank ranging, lange genug hatte sie gedroht. Das wollen wir doch mal sehen.

Ruckartig stand sie auf und ging schnell zur Friedhofspforte, dachte nicht einmal daran, zu dem Großvater rüberzugrüßen – wie ein schwarzer Schatten glitt sie an der weißen Kirchenmauer vorüber.

»Guck mal, was sie nun wohl wieder hat«, sagte der Großvater.

»Die ist wirklich tüdellüdellüt«, sagte Dora. »Tagtäglich so an dem Grabe rumzuhocken.«

»Und dabei hat sie so einen kleinen netten Jungen«, sagte der Großvater, »der kleine Martin, weißt du, den sie auch wohl mal mit hierher geschleppt hat. Was soll so 'n Junge nun an einem Grabe sitzen. Also weiter im Text.«

Und Dora sagte: »Ich möchte Sie noch besonders auf die Orgel aufmerksam machen, sie stammt aus dem Jahre 1648 und ist der Kirche von einem reichen Kaufmann geschenkt worden aus dankbarer Freude über das Ende des Dreißigjährigen Krieges, die schönste Barockorgel dieser Gegend, der Orgelbauer Samuel Büttner hat sie ...«

Ja, der kleine Martin war auch heute nur mit knapper Not dem Zwange entronnen, mit der Mutter auf den Friedhof gehen zu müssen. Gleich nach dem Essen hatte sie ihm gesagt, dass er heute aber wieder einmal mitkommen müsse. »Du denkst zu wenig an deinen Vater, du vergisst ihn wohl schon, hast du so 'n Katzengedächtnis?« Aber dann war's ihm doch gelungen, sich heimlich davonzustehlen, das Badetuch und die Badehose unterm Arm, und er hatte sich mit der

Fähre über den Fluss setzen lassen und saß nun auf dem Holzsteg in Timmermanns Badeanstalt und schielte unauffällig zu Jan Gaetjen und seiner Bande hinüber und ließ die Beine pendeln. Er und Vater vergessen, den guten munteren Vater, gerade hier bei Timmermann musste er ja besonders stark an ihn denken, hier, wo sie so schön zusammen geschwommen hatten. Oh, wie war das komisch gewesen, als Vater ihm das Schwimmen beigebracht hatte – »Junge, nun mal los, nun mal nicht so viel Fisematenten« – und war neben ihm her geschwommen und hatte seinen kräftigen Arm ausgestreckt, und Martin hatte daraufgelegen und die Schwimmbewegungen gemacht, die hatte ihm Vater an Land beigebracht, und dann hatte er, ohne dass Martin es merkte, den Arm weggezogen – und Martin konnte schwimmen, ganz allein. Und in denselben kräftigen, sehnigen Arm, der ihn so gut getragen hatte durchs Wasser, musste Martin denken, in denselben Arm ist der kleine Dorn gedrungen von den Stachelbeerbüschen, als Vater im Garten gearbeitet hat, nur ein ganz kleiner Dorn, und ein blauer Aderstreif ist den Arm raufgelaufen, hin zum Herzen, und dick geschwollen war auf einmal der Arm, und als der Vater noch gelacht hat: »Ist ja nichts, wegen so was zum Arzt«, da hat der kleine Dorn auch schon den kräftigen, rosigen, frischen Mann gefällt, und er ist dagelegen im Sarge, in der guten Stube, im Sommer, und draußen sein Garten, den er so geliebt hat, und alles so blühend.

Jan Gaetjen saß im Sande, und um ihn im Kreis saß seine Bande. Jan, braungebrannt, breitschultrig, mit Eisenmuskeln und den runden harten Kopf kurzgeschoren wie ein Sträfling und die Augen scharfblau. »Peliden«, sagte Jan, »jetzt ist wieder die Drachenzeit gekommen, und genau wie im vorigen Jahr treibt hier wieder dieser kleine böse Junge sein Unwesen. Gestern war der dritte Fall, dass er den Kindern die Drachenschnur durchschnitten hat, er macht sich besonders gern an schwache Mädchen ran, der Feigling, und springt sie von hinten an und schneidet die Schnur durch, und wenn die Mädchen dann schreien, dann kräht er: ›Seid doch froh, dass Drachen-Emil euch von den Biestern befreit.‹ – Er muss verrückt sein oder ein ganz gemeiner Hund, aber er ist auch schlau und lässt sich nicht fangen. Sollen wir nun so lange warten, bis Gendarm Fritze den Burschen mal auf frischer Tat ertappt? (Gelächter der Bande.) – Ja, da könnten wir lange warten. Nein, wir wollen die Sache selber in die Hand nehmen. Beobachtet also von jetzt ab genau das Terrain, habt vor allem die Kinder mit den Drachen im Auge, und sobald einer von euch was Verdächtiges sieht, trommelt er die Bande zusammen. Ihr habt ja wohl alle gehört, wie Drachen-Emil aussehen soll: gelber Strohkopf, blauer Sweater, braune Samthose. Vielleicht ist es möglich, dass er sich heute schon zeigt.«

»Fliegt aber ja gar kein Drachen«, wagte ein kleiner Spitznasiger einzuwenden, »ist ja gar kein Wind.«

Jan sprang auf und blickte herum. »Du hast recht, Pips, völlige Flaute.« Jans scharfe Augen durchquerten prüfend den Himmel. Das schöne sonnige Wetter war hin, weißlich glimmend hatte sich der Himmel verfärbt, eisengrau der Fluss, und da hinten am Horizont, hinter Deich und runden Büschen und Strohdächern drängte es dunkelbrauend zusammen. »Ich weiß nicht, ich weiß nicht«, sagte Jan. Und da wieder ein Windstoß, Wind kam ja auf, und da, da sah Jan ja zwei Mädchen über den Werder gehen; alle von der Bande standen auf und reckten sich, um über die Planke von Timmermanns Badeanstalt sehen zu können, zwei Mädchen mit einem Drachen. »Ich weiß nicht«, sagte Jan, »vielleicht läuft uns Drachen-Emil heute doch noch in die Falle.«

»Wind«, rief Meta, »nun ist doch Wind da.« Sie hielt den Drachenkopf hoch und rief: »Los«, und Anni, die ein Stück weit weg stand und die Schnur und die Bandrolle in der Hand hatte, raste los über die Wiesen, und ein Windstoß drängte gegen Lach-Wein-Gesicht, und er schoss hoch und taumelte hin und her in wilden Bogen, und der Schwanz schlenkerte und tanzte in der Luft, und er stieg und stieg. »Adjöh, Lach-Wein-Gesicht, adjöh.«

»Niemand kann nun sein Gesicht mehr sehen, schade«, sagte Anni.

»Die Vögel können es sehen«, sagte Meta.

»Och die«, sagte Anni.

Da krachte eine Gewehrsalve über den Werder hin in die drohende weißglimmende hohle Stille. Da sahen die Mädchen die Soldaten, die dort hinten in der Nähe des Flussdeiches exerzierten. Sie sahen die stumpfblauen Uniformen.

»Oh, komm lieber hier weg«, sagte Anni, »komm weiter hin zu Timmermann.«

»Bangebüx«, sagte Meta. »Die schießen doch nicht richtig. Die tun doch nur so.«

Jonny Stegmann saß im Sande neben Jan Gaetjen und redete auf ihn ein: »Ist wirklich 'n feiner Kerl.«

»Sitzt aber immer ziemlich miesepeterig da«, sagte Jan.

»Hat ja auch erst voriges Jahr seinen Vater verloren.«

»Na, hol ihn mal her.«

Martin hörte gar nicht, als Jonny rief, sah auf zu Lach-Wein-Gesicht und seinem bewegten taumelnden Steigen. Jonny trat zu ihm hin: »Mensch, komm doch her, er will mit dir sprechen.«

»Also du willst rein in die Bande«, fragte Jan. Er saß mit gekreuzten Beinen da, ließ Sand durch die knochigen braunen Finger rinnen, und Martin blickte auf Jans harten, runden, kurzgeschorenen Schädel. Die Leute von der Bande saßen um ihn und starrten wortlos auf Martin.

Martin nickte schuldbewusst.

»Wie kommst du darauf?«

»Ich möchte eben gern rein.«

»Ja, das möchte wohl mancher. Brauchen aber Eliteleute. Siehst nicht nach einem Helden aus. Na, manche haben's ja in sich. Ihr braucht gar nicht zu lachen. Habt euch bis jetzt schön blamiert im Falle Marie Olfers. Ach, Mist ist das alles.«

»Hast du denn was rausgekriegt?« wagte Pips, die kleine Spitznase, zu fragen.

»Halt den Sabbel, Pips«, sagte Jan finster, »bin ich dir Rechenschaft schuldig? Du bist mir zu frech seit einiger Zeit. Sieh mal, da oben fliegt doch 'n Drachen. Geh mal hin, Pips, und pass auf, ob du Drachen-Emil siehst. Kannst mal 'n bisschen Wache schieben, da an der Planke, das scheint mir ganz gut für dich zu sein.«

Pips lief rot an bis in seine spitze freche Nase hinein, sagte aber nichts weiter, ging artig zur Planke.

»Dalli, dalli«, rief Jan ihm nach. Und dann fragte er Martin: »Kannst du boxen?«

Martin schüttelte trübe den Kopf.

»Ringen?«

»Nein.« Martin schluckte. Ach, was sollte das Getue, er wollte ihn ja doch nicht, wollte ihn ja nur los sein.

»Er kann aber wirklich ganz schön schwimmen«, sagte Jonny.

»So? Wollen mal sehen.« Jan sprang auf und ließ sich von Jonny die Armbanduhr geben und stellte sich auf den Steg, und Martin musste an den Strand treten. »Dreimal zum vierten Pfeiler und zurück. Los.«

Martin warf sich verzweifelt in das graue Wasser und stieß die mageren Ärmchen vor, Böen trieben Wellen auf, ein schwarzer Schlepper stampfte dunkelrauchend vorüber, drüben aus der Werft tönte hohl das Gehämmer, hinten vom Werder das Geknatter der Gewehre, der Himmel war weiß und erbarmungslos, und da oben stand hochaufgerichtet Jan Gaetjen und sah auf die Uhr in der Hand und zählte leise, Jan, breitschultrig und eisenköpfig, der Achilles der Peliden. Und oben aus der Tür der grünen Bretterbude, hinter deren schwarzem Pappdach es so dunkelgrau aufzog, trat auch noch Herr Timmermann, dick und mit einer großen weißen Schürze, und sah zu.

Und dann sagte Jan: »Anderthalb Minuten zu lang. Hier, Jonny, deine Uhr. Nein, lass mich mit deinem Hollmann in Ruh. Nee, nee, das hat doch keinen Sinn, wir müssen viel mehr auf Elite halten, so geht das nicht.« Er drehte sich weg von Martin, ging vom Steg runter, ging rauf zu Herrn Timmermann. »Fünf Spekulatius«, sagte er.

»Du hast die ganze vorige Woche noch nicht bezahlt.«

»Sie kriegen's Sonnabend, auf Ehrenwort.«

»Ehrenwort«, lachte Herr Timmermann, »Kinder, Kinder, schönes Ehrenwort.«

»Wenn ich Ehrenwort sage, dann stimmt es.«

»Gott, ach Gott«, sagte Herr Timmermann, »den netten kleinen Hollmann-Jungen schikanieren, das könnt ihr, das ist 'ne Heldentat. Nee, so einem geb' ich keinen Spekulatius. Kann mich bremsen.«

»Dann fresst Euern Spekulatius allein und krepiert daran«, sagte Jan.

»Hat erst voriges Jahr seinen Vater verloren. Ich kann dir sagen, das war ein Schwimmer. Wenn der noch lebte, dann dürftet ihr den Jungen nicht so schikanieren, hätte euch ordentlich das Fell versohlt. Mein Gott, was hatte der Mann für Kräfte, steckte euch alle, euch aufgeblasene Bande, in die Tasche.«

»Och, das lassen wir uns nicht mehr gefallen. Glauben Sie, wir sind auf Ihre dreckige Badeanstalt angewiesen, baden einfach in den Schlängen.«

»Bitte, bitte, kostet man nur fünfzig Mark Strafe.«

»Das wird mir zu dumm«, sagte Jan.

»Siebzig Pfennig«, rief ihm Herr Timmermann nach.

Jan ging zur Bande zurück, die ihn bewundernd ansah. Ein Mordskerl, unser Achilles, da hatte er's dem Timmermann mal wieder gegeben.

»Ich geh zu Charisius.«

Er ging zur Planke. »Pips, fein aufpassen, ob du Drachen-Emil siehst. Notfalls mich sofort benachrichtigen, ich geh zu Charisius.« Dann kletterte er über die Planke.

»Flegel, du weißt doch, dass das verboten ist in der Badehose«, rief von oben Herr Timmermann.

»Klar doch, Herr Timmermann«, rief Jan zurück, rittlings auf der Planke sitzend, und winkte elegant mit der Hand, dann schwang er sich rüber und war verschwunden.

Dora stand in der Küche und wusch das Geschirr vom Mittagessen ab, sie kam erst jetzt dazu, da sie durch das Lernen des Textes und das Aufsagen so lange aufgehalten war. Das Küchenfenster stand offen, und sie sah beim Abwaschen auf den Friedhof. Immer dunkler, weißlicher, grauer war es in ihm geworden, und schwere Windstöße wühlten wohl mal dumpf in den dicken hängenden Blättermassen. Der Großvater war nun bald mit seinem Grab fertig, einen großen runden Sandhügel hatte er rausgeschaufelt, und nun stampfte er den Boden im Grabe fest und klopfte die Seitenwände hart. Und er wusste nicht, dass er schon seit längerem beobachtet wurde. Da schaute ein rundes blasses Gesicht mit kleinen schwarzen Augen durch das staubige Sakristeifenster. Herr Metzler stand da, bewegungslos, die Hände auf dem Rücken gefaltet, und schaute auf das neugeschaufelte Grab. Und neben ihm am Haken auf der kalkigen Wand hing sein steifer schwarzer Hut. Und dann bewegte sich Herr Metzler brütend langsam hin und her, und dann griff er auf einmal zu seinem schwarzen steifen Hut und drehte sich um und verließ die Kirche.

Da sah Dora, wie die beiden Rodanis zur Kirchhofspforte hereinkamen, Vater und Sohn. Herr Rodani im schwarzen Anzug mit großem Künstlerschlapphut ging neben dem Handwagen her, den Alberto zog. »Ich geh nicht zu ihm hin«, dachte Dora, »lass ihn man herkommen, der soll sich nur nichts einbilden.« Zwei neue Grabmäler wackelten in dem Wagen, ein schwarzer glattgeschliffener Basaltstein mit Goldinschrift und ein kleiner Marmorengel für ein Kindergrab.

Der Engel kniete und hatte den Arm auf das Knie gestützt und den Lockenkopf in die Hand gelegt und schaute fromm nach oben.

»Tag, mein Kind«, sagte der Großvater, der aus dem Grab gestiegen war und dem Engel über die Locken strich. »Da bist du ja mal wieder.« Herrn Rodanis gelbes Gesicht mit dem traurighängenden Chinesenbart bekam einen noch gequälteren und unglücklicheren Ausdruck. »Die Leute wollen ihn doch haben«, rief er, »ich hätte ja so gern mal was anderes gemacht, – wie mir dieser Engel zum Halse raushängt.«

»Ist aber doch ganz bequem«, sagte der Großvater.

»Ich will's ja gar nicht bequem haben. Ich bin Künstler. Ich möchte schaffen, was mir vorschwebt, herrliche Ideen, ganz neuartig, oh, Sie sollten mal nach Genua kommen, auf den Friedhof, was es da für prachtvolle Gräber gibt.«

»Ich find' ihn ganz niedlich.«

»Kitsch ist das. Aber Sie wollen mich ja nur aufziehn. Ich kenn' Sie ja. Sie wollen mir ja nur zu verstehen geben, dass ich es mir leicht mache, dass ich ...«

»Aber bestimmt nicht, Herr Rodani.«

»Ach, Sie sind auch gegen mich. Ich weiß es ja. Alle sind gegen mich.«

Herr Rodani ging ein paar Schritte zu einem neuen Grabhügel, auf dem noch die verwelkten Kränze lagen. »Wer hat den Auftrag für dieses Grab bekommen? He?«

»Becker«, sagte der Großvater.

»Ja, und Sie alter hinterlistiger Mensch, Sie haben die Leute zu Becker geschickt, haben sie sogar hingebracht.«

»Unsinn«, sagte der Großvater kleinlaut und sah geniert zu Boden.

»Alberto hat es gesehen. Alberto, wann war das?«

Alberto hatte ruhig dagestanden, er hatte das Bein auf den Wagen gestellt und seinen Arm auf das Knie gestützt und den Krauskopf in die Hand gelegt und sah mit seinen weichen südländischen Augen träumerisch die beiden Männer an, träumerisch über sie hinweg. Steht ganz da wie der kleine Marmorengel, musste der Großvater denken, und da sagte Alberto dunkel und melodisch: »Donnerstag Nachmittag, Papa.«

»Bin doch mit Becker befreundet«, sagte der Großvater, »sind zusammen zur Schule gegangen.«

»Becker ist ein Pfuscher, ein Dilettant, aber ihr haltet alle zusammen. Oh, ich geh wieder zurück nach Genua, es ist zum Wahnsinnigwerden, überall Intrigen und gemeine Machenschaften. Lassen Sie doch die Hände von Sachen, die Sie nicht verstehen, bringen Sie lieber Ihre Gräber in Ordnung und sorgen Sie dafür, dass einem hier nicht die verfluchten Bienen um den Kopf summen. Weg, ihr Viecher, ist das 'ne Art, Bienen auf dem Friedhof, nee, mein Lieber, wenn Sie gegen mich intrigieren, dann werde ich auch mal 'ne kleine Eingabe machen betreffend Bienenkörbe auf einem Friedhof – au, au, da geht es wieder los, meine Zahnschmerzen, ich hab' solche Zahnschmerzen, und dann quälen Sie mich noch.«

»Sie quälen sich ja selber«, sagte still der Großvater.

»Papa, nun solltest du aber wirklich mal zum Zahnarzt gehen«, sagte Alberto, »er hat nämlich solche Angst davor.«

»Ich Angst. Das wird ja immer besser. Das soll ich mir von meinem eigenen Sohn gefallen lassen? Nee, ich geh weg, mach du das man hier mit den Dingern allein in Ordnung, pfui Teufel, nee – au, das ist ja nicht zum Aushalten.« Und die Hand an der Backe, schwankte Herr Rodani zwischen den Gräbern dahin, durch die schwer drückende Luft, in den Büschen rumorte der Wind, und die schlappen Blumen hauchten schwülen Duft.

»Das ist auch nicht zum Aushalten«, sagte Alberto, »und – ich werde gehen.« Und dann stand er verlegen vor dem Großvater und ließ den Krauskopf hängen und kratzte mit dem Fuß auf der Erde: »Ja, heute Abend fahr' ich mit der ›Tosca‹, es ist schon alles in Ordnung, ich kneif' heimlich aus, und ich möchte Sie bitten, ich kann's ihr nicht sagen – sie würde ja so furchtbar wütend werden – bitte sagen Sie es ihr – heute Abend, wenn ich weg bin.«

»Ach Gott, Dora«, sagte der Großvater.

»Ja, das ist nicht nett von mir«, sagte Alberto, »aber ich möchte doch wieder zur See – nach Italien ...«

»Tag Jan«, sagte Leutnant Charisius und wandte sich zu Unteroffizier Budde um: »Weiter machen, Budde, ich geh mal 'n Augenblick zum Fluss runter.« Die Soldaten exerzierten weiter und schielten ihrem Leutnant nach, der zum Deich hinging mit Jan und hinter der Böschung verschwand. Sie setzten sich unten am Fluss in die Schlänge neben einen Weidenstrauch. Und Leutnant Charisius schwieg lange,

Jan wagte nichts zu sagen, und er sah auf Leutnant Charisius' schöne schlanke magere Hände, die ineinandergeschlungen waren und sich drückten, dass es in den Gelenken knackte. Er bewunderte ihn im Stillen, dass er selbst an diesem Tage, wo sie da noch so lag im Sarge, den Dienst nicht ausgesetzt hatte.

»Jan«, sagte Leutnant Charisius, »ich muss dir was sagen. Ich werde nun weggehen, ich hab' mich für einen Transport nach Kamerun gemeldet. Im Oktober geht es los.«

»Leutnant Charisius – Sie wollen weggehen?« rief Jan.

»Ja, ich mag nun nicht mehr hier sein, es hat sich entschieden. Schon vorher hatt' ich's satt – und nur noch sie hat mich gehalten, aber nun ist das Maß voll.«

»Nach Kamerun«, sagte Jan.

»Ja, da ist doch vielleicht noch etwas für einen Mann zu tun. Diese Stadt hier, ich halte das nicht mehr aus. Nun sieh doch nur, wie das da liegt, so dumpf brütend, so muffig, und nichts passiert, und das schleicht so hin – diese Stille –, nichts für einen Soldaten.« Jan sah auf, sah über den eisengrauen Fluss zur Stadt. Da lag sie still, mit angehaltenem Atem, die Bäume dick und bewegungslos, die dunkelgrünen Zypressen des Ägidienfriedhofs am Fluss drohend in den weißlich glimmenden Himmel gereckt, und ein Dampfer, stumpf und schwarz und menschenleer, drängte schwer und schwarzqualmend vorüber, und hohl klang das Gehämmer aus der Werft und das Wagengerassel von der fernen Brücke. Und da auf einmal, da ertönte ein dumpfes Grollen, ein Donnerrollen von weit her.

»Ja, ein Gewitter müsste losbrechen«, sagte Leutnant Charisius, »Blitze müssten flammen und die Häuser in Brand stecken, diese muffigen alten Häuser, ein Krieg müsste ausbrechen, wild und schrecklich und reinigend und mit seinem Eisenbesen all diesen vermotteten Plunder wegfegen, dass das Leben wieder frisch würde und bewegt und gesund.« Leutnant Charisius' sonst so stille, ernste, graublaue Augen blitzten grell und stechend, aber dann wurde er wieder ruhiger: »Nee, es ist schon am besten, ich gehe, nun wo sie nicht mehr da ist, da hat es sich entschieden. Was soll ich noch warten? Das ist schon alles ganz richtig so für mich. Ach, das wäre ja auch nichts geworden. Ehe, Familie, wäre das denn gegangen? Nee, Jan, das ist schon richtig, dass ich gehe.«

»Wir werden ihn schon noch finden, den gemeinen Kerl, den Schuft«, sagte Jan.

»Nett von euch, Jan, dass ihr das noch versucht, ihr seid brave Kerls, aber glaubst du, dass ihr da noch Ordnung schaffen könnt, da drüben? Vielleicht wird's ja mal anders, wenn ihr erst am Ruder seid, du und deine Freunde –«

»Bestimmt wird das anders, Leutnant Charisius. Wie ich Sie beneide – Kamerun, der Urwald, die Sonne, der Kampf mit den Negern, Tigern und Schlangen –«

»Stop, stop«, sagte Leutnant Charisius, »wär' schon viel, wenn's da 'ne Gelegenheit gibt, anständig zu sterben.«

Nichts Schöneres gab es für Christian Runge, als auf einem Friedhof spazierenzugehen und die Gräber zu betrachten und die Inschriften zu lesen und sich das Leben derer auszumalen, die da unten lagen, zergangen und vergessen. Am schönsten war es im milden Abendschein, wenn die Kreuze sanft leuchteten. Heute war es nicht ganz so stimmungsvoll, etwas Düsteres und Brauendes hatte sich eingeschlichen, und die Farben waren so stumpfgrau. Da hatte es Herr Runge doch für richtiger gehalten, seine Betrachtungen abzubrechen und noch ein wenig mit dem alten Friedhofsgärtner zu plaudern, der immer so nett zu erzählen wusste.

»Wissen Sie, für wen ich das Grab hier schaufle? Für Marie Olfers.« Und dann erzählte der Großvater von der Borkenhütte. »Ja, es ist grässlich, erst Bankier Lüders und nun sie. Ja, Lüders, wissen Sie noch, der hatte sich aufgehängt, und vorher, stellen Sie sich das vor, so penibel und akkurat war er, hat er seine Stiefel ausgezogen und gerade nebeneinandergestellt, genau, als wenn er zu Bett ginge. Ja, sie war eine Lehrerin, und eine französische Grammatik hat man bei ihr gefunden. Sie muss also in den Bürgerpark gegangen sein, um sich für den Unterricht vorzubereiten, aufgeschlagen hat das Buch auf der Bank in der Borkenhütte gelegen. Ja, und am andern Tag ist sie dann nicht mehr in der französischen Stunde erschienen, was das wohl für eine Aufregung bei den Kindern gegeben hat. Ja, und nun liegt sie aufgebahrt im Beerdigungsinstitut ›Pietät‹, und morgen dann liegt sie hier. Nein, man hat überhaupt keinen Anhaltspunkt, ihr Verlobter, wissen Sie, der Leutnant Charisius, hat die Polizei ja so in Schwung gebracht, hat aber nichts genützt.«

Der Großvater legte die Schaufel über die Schulter, nun war er mit dem Grabe fertig, er schob sich den großen gelben Strohhut von der Stirn: »Finden Sie es nicht auch reichlich schwül? Das gibt sicher noch 'n Gewitter. Hat ja auch schon einmal gedonnert. Und dabei sind die Kinder auf dem Werder mit dem Drachen. Machen Sie man, dass Sie nach Hause kommen sonst kriegen Sie noch was ab.« Und dann ging er zu dem Geräteschuppen, der in Bäumen und Büschen versteckt an der Friedhofsmauer lag.

Christian Runge schaute ihm bewundernd und befriedigt nach. Nein, diese alten Leute, die wussten oft glänzend zu erzählen. Immer hielten sie sich ans Detail, wurden aber nie verschwommen und allgemein. Die französische Grammatik, großartig. Und er holte sein Notizbuch raus und machte sich einige Notizen: Borkenhütte – Bankier Lüders – Stiefel ausgezogen – Marie Olfers, französische Grammatik – Beerdigungsinstitut ›Pietät‹ – Leutnant Charisius.

»Und du fährst bestimmt nicht mit der ›Tosca‹ weg«, sagte Dora und unterbrach ihr Aufwaschen und schaute prüfend in Albertos Augen. Alberto hatte die Arme auf die Fensterbank gestützt und sah sie dunkel an. »Nein, bestimmt nicht.«

»Oh, es wäre zu gemein, wenn du es doch tust.«

»Ich bleib' doch da«, sagte Alberto und sah noch einmal ganz genau in Doras weiches gutes Gesicht. »Jetzt muss ich aber weg.«

»Aber du kommst heute Abend?«

»Ja, ja, ich komme.«

»Um halb neun am Schuppen.«

»Um halb neun.«

Frau Hollmann stand in der Küchentür, groß und schwarz und blass und mit zornigem Gesicht. Die Großmutter war gerade dabei, mit Lina Himbeermarmelade einzumachen, und süß duftete es in der ganzen Küche und durch das ganze Haus. »Wo hast du das Zeug hingetan?« fragte Frau Hollmann. Die Großmutter hatte eine blaue Schürze um und sie hatte gerade ein Weckglas gefüllt mit Himbeeren und drückte nun den Deckel zu und stellte es zu den übrigen auf den Tisch. Lina blickte ängstlich vom Herd aus zu Frau Hollmann hinüber. Was macht die für ein Gesicht, nun ging der Krach los. Warum muss sie ihr auch das Zeug wegnehmen? »Wo hast du das Zeug hingetan?«

Die Großmutter nahm den Deckel von dem Kochtopf und beugte ihren Kopf mit der großen Adlernase finster darüber: »Das sag' ich nicht, das kriegst du auch nicht wieder.« – »Das wollen wir mal sehen«, sagte Frau Hollmann. »Lina, wissen Sie, wo meine Mutter das Zeug hingetan hat?« – »Nein, nein«, sagte Lina. »Lügen Sie doch nicht«, sagte Frau Hollmann, und dann ging sie zum Küchenschrank und holte den Schlüsselkorb heraus. »Da ist er doch nicht dabei«, sagte die Großmutter, »nun sei doch vernünftig.« – »Das werden wir ja sehen«, sagte Frau Hollmann und verschwand mit dem Schlüsselkorb, und sie hörten sie im Hause hin und her gehen, von Zimmer zu Zimmer, treppauf und treppab, bis in den Keller, und sie hörten, wie die Schlüssel klirrten und wie Frau Hollmann dabei dumpf vor sich hinmurmelte und schimpfte.

Die Großmutter füllte indessen mit starrer Miene ein neues Weckglas mit Himbeeren voll und machte den Deckel fest. Lina blickte beklommen in den Garten, wo die Büsche und Bäume so fahl und drohend dastanden, glanzlos und tot. Oh, es war schrecklich in diesem Haus, alles so düster und schwer und ohne Freude, die Frau, die immer an ihren toten Mann dachte und tagtäglich vor dem offenen Schrank stand und auf die Kleider des Toten starrte und auf die Photographie, die sie sich auf der Innenseite der Schranktür festgemacht hatte, und die alte Großmutter, so hart und streng mit ihrem eigensinnigen Kopf, und der kleine verängstigte Martin. Nein, lange bleibe ich nicht mehr hier, dann such' ich mir 'ne andre Stelle.

Und dann kam Frau Hollmann wieder herein. »Wo ist der Schlüssel zu der Truhe auf dem Boden?« – »Weiß ich nicht.« – »Gib mir sofort den Schlüssel.« – »Hab' ich nicht.« – »Lina, wo ist der Schlüssel?« – »Ich weiß es nicht, Frau Hollmann«, rief Lina verzweifelt und dann wandte sie sich an die Großmutter: »Geben Sie doch Frau Hollmann den Schlüssel.« Die Großmutter glubschte Lina wütend an: »Sie sind auch zu dumm. Den Schlüssel kriegst du nicht. Ich will das nicht mehr. Das Zeug eines Toten. Du sollst zur Vernunft kommen. Ich will dich schon kurieren.« Und dann sagte sie etwas weicher und beschwörend: »Luise, lass doch mal endlich dies ewige Grübeln sein. Davon wirst du ja ganz meschugge.« – »Also du willst den Schlüssel nicht herausrücken?« – »Nein«, sagte die Großmutter. »Schön«, sagte Frau Hollmann und blickte flackrig mit ihren schwarzen Augen in der Küche umher. Dann sah sie das Beil und ergriff es und ging damit fort. »Was willst du?« – »Aufschließen«, sagte Frau Hollmann. »Da hab' ich ja einen schönen Schlüssel.« Und dann hörten sie sie die Treppe raufsteigen zum Boden, und die Axt krachte auf das Holz, und dann kam Frau Hollmann nach einer Zeit wieder die Treppe runter, Lina und die Großmutter traten zur Tür und sahen, dass Frau Hollmann einen großen Packen Zeug runtertrug, Anzüge überm Arm und den gelben Strohhut in der Hand und den Spazierstock mit dem Silberknopf, und sie ging in ihre Kammer mit dem Zeug, und sie hörten die Schranktür knarren.

Die Großmutter nahm ein Weckglas und ging zu dem großen Topf an den Herd und füllte das Glas mit Himbeerbrei voll, aber ihre alte Hand zitterte und ein paar zerkochte Früchte klatschten auf den Boden. Süß und dumpf und schwer roch es in der Küche, ganz aus der Ferne rollte wieder der Donner.

An der Ecke Rosenkranz- und Palmenstraße blieb Herr Metzler stehen, er hatte seinen schwarzen Hut auf, und sein dickes Gesicht war totenblass. Lange stand er da und sah die Palmenstraße hinunter. So ungefähr zehn Häuser von ihm entfernt lag das Beerdigungsinstitut »Pietät«. Ein großes weißes Schild ragte heraus über den Vorgarten und darauf stand es: »Beerdigungsinstitut Pietät«. Herr Metzler blickte auf dies Schild und rührte sich nicht, und dann setzte er sich auf einmal in Bewegung, ganz steif und automatisch und traumwandlerisch, gehemmt und gedrängt, ging die Palmenstraße hinunter und stand vor dem Haus mit dem weißen Schild und der schwarzen Urne im Schaufenster. Leer war die Straße und tot, und blechern klirrte Klaviergeklimper aus irgendeinem Haus. Die Tür stand offen und führte in einen dämmrigen Korridor. Und Herr Metzler trat in die Tür und ging in den Korridor. Viele Türen gingen von dem Korridor ab, und hinter diesen Türen waren die kleinen Stuben, in denen die Toten aufgebahrt lagen. Und an einigen Türen waren Karten angeheftet, die den Namen des Toten angaben, der hinter der Tür lag.

Das Beerdigungsinstitut »Pietät« wurde von Herrn und Frau Steenken geleitet, aber die waren im Augenblick nicht zu Hause, es war überhaupt niemand zu Hause außer dem kleinen Hans Steenken, und die Eltern hatten ihm aufgetragen, aufzupassen, wer unten ins Haus kommt, und den Leuten behilflich zu sein. Das hatte Hans Steenken schon oft getan, und er hatte keine Angst, und es war ihm alles so selbstverständlich und vertraut. Er saß in der ersten Etage am offenen Fenster und machte seine Schularbeiten fertig, da sah er den Mann vor dem Vorgarten stehen mit dem schwarzen Anzug und dem steifen Hut, und auch das verwunderte ihn nicht, denn alle Leute, die in dieses Haus kamen, waren schwarz gekleidet, aber das Gesicht, das der Mann machte, das verwunderte ihn doch ein wenig. Und dann sah er den Mann ins Haus gehen, und er stand auf, stieg die Treppe runter, beugte sich übers Geländer, und da sah er, wie der Mann vor einer der Türen stand und hineinlauschte in das Zimmer dahinter, und dann öffnete er die Tür ganz langsam, schob erst den Kopf vor und trat dann in das Zimmer. Leise ging Hans Steenken bis vor die Tür. »Marie Olfers« stand auf dem weißen Schild an der Tür, und Hans Steenken konnte es nicht lassen, er musste mal etwas die kleine schwarze Gardine hochheben, die vor dem ovalen Guckloch in der Tür hing, und da sah er den Mann stehen am Fuß des Sarges, den steifen Hut hatte er abgenommen, und sah von unten her brütend auf die Tote in dem Sarge, aber man konnte durch das Guckloch nur die Füße der Toten sehen, in schwarzen Strümpfen traten sie aus dem weißen Hemde heraus, und Kränze waren an das Fußende des Sarges angelehnt, und das kalte elektrische Licht schien über die Kränze und die Füße in den schwarzen Strümpfen und den dicken brütenden Mann und den Lorbeerbaum hin, der an der kahlen Wand stand. Und da fühlte Hans Steenken plötzlich einen warmen Hauch im Nacken und drehte sich rum, da stand Henry Olfers vor ihm, der Bruder der Toten, käsebleich, im blauen Konfirmationsanzug, und sagte: »Was guckst du da?« Und hatte ein böses vorwurfsvolles Gesicht und guckte schon selber durch die Glasscheibe und sah, wie der Mann seine Hand gehoben hatte und mit der Toten sprach, ihr etwas erklären wollte, drohte, sich mit der Hand zittrig über die Augen fuhr. »Wer ist das?« sagte Henry. »Weiß ich doch nicht«, sagte Hans Steenken. »Musst du doch wissen. Dachte, es sei ein Verwandter oder Bekannter.« – »Nee, nee, kenn' ich nicht.«

Und dann sah Henry wieder durch die Scheibe, und Hans Steenken sagte: »Kam auch so ängstlich und vorsichtig reingeschlichen, hat erst zugesehen, ob auch jemand drin war.« – »Lass mal«, sagte Henry, »benimmt sich ja zu sonderbar. Du, komm mal her, können wir uns hier irgendwo so lange verstecken, bis er weg ist? Wir müssen ihn aber im Auge behalten, und er darf es nicht merken.«

»Wer ist das denn, was meinst du?«

»Komm erst mal her. Wo können wir hingehen?«

»Komm, wir gehen nach vorne ins Kontor.«

»Mensch, das ist er bestimmt, sein Strohhaar, sein blauer Sweater, seine braune Hose«, sagte Jonny Stegmann, der neben Martin auf dem Holzsteg saß, »das musst du unbedingt machen, wenn du Drachen-Emil kaputt haust, dann hast du 'ne große Nummer bei ihm. Sieh dir bloß an, wie das Aas sich da durch die Wiesen schlängelt.« Drachen-Emil sprang in einen Graben, der gar nicht mehr so weit von den beiden Mädchen mit dem Drachen entfernt lag, und Martin sah seinen gelben Strohkopf etwas über die Böschung ragen.

»Jetzt renn man schnell los«, drängte Jonny, »eh' es zu spät ist und die andern von der Bande und vor allem Pips da vorne an der Planke etwas merken. Also los.«

»Ja«, hauchte Martin, »meinst du wirklich?«

»Los, Mensch.«

»Ja, ich will's versuchen.« Und Martin, ganz flau in den Gliedern, klopfenden Herzens und fast besinnungslos, lief zum Eingang der Badeanstalt, lief in die Wiesen raus, mager und verzweifelt und ingrimmig, ja, das musste ihm doch imponieren, das musste doch auf Jan Eindruck machen, er hätte weinen mögen, hatte nur die Badehose an und lief hier draußen rum, auf die beiden Mädchen zu, die da im Grase lagen, die Drachenschnur in der Hand. Gott, Drachen-Emil durfte ihn ja nicht sehen, er lief in eine Senkung, lief da gebückt weiter, ratschte seine Füße und Beine an Steinen und Sträuchern blutig.

Jonny tippte Pips leicht auf den Podex. »Lass mal«, sagte Pips, »ich hab' da eben so 'n verdächtiges Etwas gesehen.«

»Ja, ja, ist auch nicht wichtig«, sagte Jonny, »es ist nur wegen 'ner Guatemala. Du sagtest doch neulich, dass du gern eine haben wolltest. Ich möchte sie wohl tauschen.«

»Guatemala? Hast du eine?«

»Mein Alter hat heute zufällig einen Brief gekriegt. Kommt nicht oft vor. Aber lass man, ich kann ja auch mal Hinni Wohlers fragen.«

»Nee, bleib doch mal da.«

»Willst du nicht lieber auf Drachen-Emil aufpassen?«

»Na, in dieser Sekunde wird er ja wohl nicht gerade kommen. Und überhaupt Jan mit seinem Drachen-Emil, dies Getue.«

»Man kann nie wissen«, sagte Jonny.

»Ach was«, und Pips stieg von der Planke runter. »Zeig mal die Guatemala – au Backe, die ist schick.«

Herr Timmermann stand in dem muffig nach Holz riechenden Restaurationsraum hinter der Theke, weit über die Zeitung gebeugt, die er groß auf der Theke auseinandergebreitet hatte, und er las gerade:

»Neues über den rätselhaften Mord in der Borkenhütte. Gestern hat ein Spaziergänger zufällig im Grase dicht vor der Borkenhütte die hier abgebildete goldene Herrenuhr gefunden. Es besteht nun stark der Verdacht, dass der Mörder der Marie Olfers sie am Tatort verloren hat. Es handelt sich um eine dicke goldene Herrenuhr von etwas altmodischer Form und Machart, das Zifferblatt mit blauen Blumen geschmückt, höchstwahrscheinlich ein Erbstück, und auf dem Rückendeckel ist das Monogramm ›A.M.‹ in zwei ineinander verschlungenen lateinischen Buchstaben eingraviert. Der Besitzer der Uhr oder wer den Besitzer kennt, hat sich sofort auf der Polizei zu melden.«

Da trat dröhnend Gendarm Fritze in die Holzbude: »Tag, Timmermann, ’n Bier und ’n Köhm; Kinder, ist das ’ne schwüle Luft«, und schmatzend trank er das Glas Bier in einem Zuge leer und ruck den Köhm hinterher und wischte sich den Schaum von dem Schnauzbart und stützte sich gemütlich auf die Theke.

»Nun glauben sie natürlich, sie hätten ihn schon«, sagte Herr Timmermann und zeigte auf die Zeitung und schüttelte missbilligend den Kopf.

»Ja, damit sind wir wohl ’n Schritt weiter«, sagte Gendarm Fritze, »nun wird’s wohl nicht mehr lange dauern«, und strich so stolz seinen Bart hoch, als habe er selber die Uhr gefunden.

»Als wenn da nicht irgendein harmloser Spaziergänger seine Uhr verloren haben könnte, da kommt denn so ’n Liebespaar an, und bei der Borkenhütte da ist denn plötzlich so ’ne Knutscherei, und schwupp liegt die Uhr im Grase.«

»Ja, ja, Sie sind mir ’n Detektiv«, schmunzelte Gendarm Fritze. »Haben’s wohl selber mal bei der Borkenhütte so getrieben, was? Nee, schenken Sie mir man lieber noch mal ’n Köhm und ein Bier ein, davon verstehen Sie mehr, Herr Timmermann.«

»Den Drachen-Abschneider schon gefasst?« fragte Herr Timmermann.

»Nee, noch nicht«, sagte Gendarm Fritze und blickte gleichmütig
durch die Tür zum Strand hin.

»Dauert aber 'n bisschen lange, man kann das ja als Laie gar nicht
verstehen, wie …«

»Herrgott«, brauste Gendarm Fritze auf, »der Bursche ist ja auch
zu gerissen, das muss ja ein kleiner Satan sein.«

»Jetzt kommt er, jetzt kommt er«, fieberte Martin, hinter einem Busch
auf der Lauer liegend. Aber Drachen-Emil rührte sich noch immer
nicht, nur sein gelbes Strohhaar guckte ein wenig über den Graben
hervor. Ob er gemerkt hatte, dass Martin ihn beobachtete? Ahnungslos
waren die Mädchen mit ihrem Drachen beschäftigt.

Der ganze Himmel hatte sich nun mit einer weißlichgrauen Schicht
überzogen, und die dunkeldrohende Wolkenwand, die am Rande des
Werders, hinterm Deich, hinter Bäumen und hingeduckten Bauern-
häusern aufgestiegen war, sie hatte sich immer weiter über den
Himmel geschoben und ihn fast bis zur Hälfte bedeckt. Die Windstöße
und Böen nahmen immer mehr zu und wurden härter und brutaler
und fegten in die Bäume, die den Bauernhof da hinten umdrängten,
und wühlten in den Weidenbüschen und fuhren auf Lach-Wein-Gesicht los, so dass er immer aufgeregter und ratloser da oben hin und
her kreiste und seinen Schwanz in Zuckungen tanzen ließ. Und Anni
sagte: »Du, nun wollen wir ihn aber schnell runterholen, jetzt geht es
bestimmt los, guck doch mal, wie dunkel es auf einmal geworden ist.
Wir sind ja auch die einzigen, die hier noch 'n Drachen steigen lassen.« – »Ja, ist wohl besser, wir holen ihn ein«, sagte auch Meta. Aber
da kroch auch schon Drachen-Emil aus seinem Versteck hervor, platt
auf dem Boden pirschte er sich von hinten immer näher an die
Mädchen heran, Martin konnte nun seinen gelben Strohkopf mit den
Sommersprossen um die freche Nase und den grellen kleinen blauen
Augen unter langen roten Wimpern deutlich erkennen, und seine
braune Samthose und seinen blauen Sweater, wie ein Frosch strampelte
er, und in der Hand hatte er ein kleines Taschenmesser, damit wollte
er wohl die Drachenschnur durchschneiden, das war ja klar. – Warte,
Bursche, dich wollen wir kriegen, dachte Martin und schoss aus dem
Graben und mit Gebrüll auf Drachen-Emil los. »Achtung, Drachen-

Emil kommt ran, nehmt euch in acht, will die Drachenschnur durchschneiden, weg da, bloß weg«, und warf sich schon auf Drachen-Emils Rücken, fühlte den blauen Sweater am nackten Leibe kratzen, roch das widerliche Strohhaar, presste Drachen-Emils Arme auf den Boden, Drachen-Emil zischte und quäkte und lachte grell auf, und er hatte Kräfte, war ein harter knochiger Bursche und warf Martin mit einem Stoß vom Rücken weg und knall auf ihn, und fuchtelte mit dem kleinen Messer vor Martins Gesicht und ratschte ihn an der Backe, dass er blutete. Meta schrie auf, und während Drachen-Emil eine Sekunde zu ihr rüberguckte, höhnisch triumphierend, biss Martin ihn in die Hand, Drachen-Emil ließ das Messer fallen, Anni riss es unter ihm weg, und Martin und Drachen-Emil verknäulten sich von neuem und kugelten über die Wiese. Und Martin rief: »Lauft doch weg, will euern Drachen kaputtmachen«, und da begannen die Mädchen zu laufen, Lach-Wein-Gesicht taumelte da oben und schüttelte heftig seinen Kopf über all den Irrsinn, und die Mädchen liefen und schrien: »Hilfe! Hilfe! Er macht ihn tot. Hilfe!«

Das hörte auch ein Junge von der Bande, nicht der kleine Pips, die Spitznase, der es eigentlich hätte hören sollen, der lag aber neben der Planke mit Jonny im Sande und klönte so 'n bisschen, die Guatemala-Marke in der Hand, sondern Didi Kugler, er stand gerade auf dem höchsten Sprungbrett und wollte ins Wasser springen. »Drachen-Emil ist da«, rief er, »Drachen-Emil ist da.« Die meisten Jungens von der Bande waren gerade im Wasser, der Wind hatte den Fluss aufgewühlt, und es war herrlich, gegen die weißköpfigen Wellen anzuschwimmen, prustend und weit ausgreifend mit den Armen schwammen sie zum Strand, Jonny und Pips sprangen auf. »Drachen-Emil ist da«, und im Nu waren sie alle zusammen, nur Jan ist nicht da, Schweinerei, du Pips zu ihm hin, hast du denn geschlafen, und dann kletterten sie alle über die Planke, rasten über den Werder. Und Herr Timmermann trat in die Tür und sagte zu Gendarm Fritze: »Diese Lausebengels, immer klettern sie über die Planke und laufen so nackigt auf dem Werder rum«, und Gendarm Fritze ging mit großen Schritten fort: »Das ist ja – da wollen wir doch mal gleich – der Donner auch.«

Ruhig ins Gespräch vertieft, traten Leutnant Charisius und Jan wieder aus der Schlänge hervor auf den Deich. Kamerun, summte es dunkel in Jan, Kamerun, da geht er nun hin, o wenn ich doch mit ihm ziehen könnte als sein Soldat, Kamerun, Kamerun, da ist der

Urwald, da ist das Leben. Da hörte Jan in der Ferne das Geschrei der Bande und sah die Mädchen über den Werder rasen und Lach-Wein-Gesicht durch den dunklen Himmel taumeln und Drachen-Emil verknäult mit Martin, und da kam auch schon Pips angesprungen: »Drachen-Emil – hin.«

»Drachen-Emil ist da«, rief Jan, »ich muss hin, entschuldigen Sie, Leutnant Charisius, mit wem prügelt er sich denn da?«

»Der Hollmann ist das, du weißt doch«, sagte Pips.

»Wer ist Drachen-Emil«, fragte Leutnant Charisius.

»Erzähl’ ich Ihnen später, entschuldigen Sie. Tjöh, Leutnant Charisius.« Kurzer, straffer militärischer Gruß, und auch Jan peeste mit Pips zu der Prügelei. Als Jan ankam, hatten die Jungens von der Bande die Kämpfenden bereits getrennt, sie hielten Drachen-Emil an beiden Armen fest in der Klammer, und Drachen-Emil trat aus und spuckte und lachte höhnisch und schoss giftige Blicke auf Martin. Der stand still vor ihm, zerkratzt und zerbissen und über die Backe blutend, aber das fühlte Martin gar nicht, das kümmerte ihn ja gar nicht, er sah mit glänzenden Augen zu Jan rüber: Na, was sagst du nun, bin ich so ’n Waschlappen?

»Er allein hat Drachen-Emil gefasst, als er den Mädchen die Schnur durchschneiden wollte. Hier ist das Messer«, sagte Jonny.

»Und er hat ihn festgehalten«, sagte Didi Kugler.

»Und er hat ihn sogar unter sich gekriegt«, sagte Hinni Wohlers.

Jan, der große starke Jan mit den breiten Schultern und dem Eisenschädel, der große Achilles, trat hin vor den kleinen schmächtigen Martin und legte ihm die Hand auf die Schulter: »Famos, Hollmann«, aber dann drehte er sich zu Jonny um: »Hast du ihm natürlich gesagt.« Und Anni und Meta traten nun auch etwas näher heran und beobachteten die Szene, fest hatte Meta die Drachenschnur in der Hand, und Lach-Wein-Gesicht zog mächtig da oben. »Alles um Lach-Wein-Gesicht«, tuschelte ihr Anni zu, »wahnsinnig aufregend, nicht?«

Da ertönte Gendarm Fritzes bullerige Stimme: »Aufschreiben werd’ ich euch alle, ihr Bande, dass ihr hier so nackigt rumlauft. Was sind das für Sitten. Nee, das wollen wir nicht einführen.«

»Nichts von Aufschreiben«, sagte Jan, »können uns dankbar sein, dass wir Drachen-Emil geschnappt haben auf frischer Tat. Hier ist das Messer, mit dem er den Mädchen da die Drachenschnur durchschneiden wollte.«

»Also du bist der Halunke, der hier die ganze Gegend unsicher macht. Na, denn komm mal her, mein Freundchen, denn woll'n wir mal zu deinen Eltern gehen und mal 'n ernstes Wörtchen mit ihnen reden.« Er packte Drachen-Emil fest am Arm. »Wo wohnst du denn?«

»Das sag' ich nicht«, sagte Drachen-Emil borstig und mit starren Augen.

»Na, das kriegen wir schon raus, komm mal mit. Warum machst du denn eigentlich so 'n Unsinn?«

»Sie sollen nicht in der Luft fliegen«, sagte Drachen-Emil nörgelig, »die mach' ich tot.«

»So«, sagte Gendarm Fritze und lachte gemütlich, »die Drachen sollen nicht in der Luft fliegen, warum denn nicht?«

Und da guckte Drachen-Emil auf einmal geheimnisvoll zu Gendarm Fritze auf, reckte den Kopf hoch, um ihm was mitzuteilen, und da beugte sich Gendarm Fritze runter, und Drachen-Emil flüsterte triumphierend: »Komm, wir gehn in den Schuppen, da zeig' ich dir all die toten Drachen«, und dann knickerte er vor sich hin: »Die können nun alle nicht mehr jappen.«

»Na, denn woll'n wir mal zum Schuppen gehn. Also Jungens, marsch, zu Timmermann zurück, und wenn ich euch hier noch einmal treffe ...«

»Können uns doch dankbar sein, dass wir Ihnen die Arbeit abnehmen.«

»Will ich gar nicht, gefällt mir gar nicht, wäre meine Sache gewesen, den kleinen Satan zu fassen.«

»Tja, das lässt sich nun nicht ändern«, sagte Jan, »wieder mal zu spät gekommen.«

»Nur nicht unverschämt werden«, sagte Gendarm Fritze, und dann schob er mit Drachen-Emil ab.

Und wieder blitzte es am Horizont, und der Donner rollte nach, und der Wind riss an den Weiden. Nun aber schnell zu Timmermann zurück. Und Meta spulte hastig die Drachenschnur auf, und Anni half ihr das Band einziehen: »Gott, wir kommen ja nicht vorm Regen nach Haus.«

»Hollmann«, sagte Jan, während sie zu Timmermann gingen, »hab's mir überlegt, will's doch mal mit dir versuchen.«

»Ja«, schluckte Martin.

»Natürlich nur probeweise.«

»Klar doch«, hauchte Martin.

»Weiß ganz genau, dass das 'n abgekartetes Spiel war«, sagte Jan und sah Jonny an. »Aber immerhin. Alle Achtung.«

»Au, der Blitz«, rief Jonny. Und es donnerte schon stärker und näher.

Auch in das Dunkel des Wallgrabens flackte der Blitz bläulich hinein. Christian Runge begann seinen Schritt zu beschleunigen. Nun war er ja bald zu Haus. Er fasste an seinen Hut, den ihm ein Windstoß fast vom Kopf gerissen hätte. Es war ein dumpfes Rumoren und Gären hier unten am Wallgraben, ein schweres Wühlen des Windes in Büschen und Bäumen, ein Aufrauschen und wirres Schütteln der Blättermassen, und dann wieder hohle, lauernde Stille und fahles Schwefellicht und totes, stumpfes Wasser, und ein Wogen von graugrünen Schatten in Bäumen und Büschen, und die Mühle da oben auf dem Hügel, grauweiß und mit schwarzem Dach, wie stand sie dick und blöde da in dumpfem Schreck vor dem, was nun kommen sollte, und streckte ihre braunen Flügel starr über die Bäume weg in den schwarzen Himmel. Und wieder ein schwüles Ziehen des Windes und so viel Erwartung und unheimliches Kreisen, und in alles hinein der flatternde Blitzschein und das dunkle Pauken des Donners. Und Christian Runge fühlte in sich aufsteigen ein schwellendes Fluten und Drängen.

Und da, da sah er auf dem dunklen Wallgraben einen großen, dämmrigweiß schimmernden Schwan, der mit den mächtigen Flügeln schlug und flatterte und dicht übers Wasser hinflog und schrie. Und oben aus der Mühle trat ein Mädchen mit braunem Haar und weißer Bluse und braunem Rock, ein rundliches, derbes, weiches Mädchen, und sie ging den Hügel runter auf dem Rasen, angezogen wohl von dem schrillen Schreien des Schwans und mit großen runden Augen warm auf ihn blickend, ging zum Rande des Grabens, wo etwas Schilf stand, und beugte sich runter, und der Schwan schwamm hastig heran und legte seinen Kopf und Hals in ihren Schoß, drängte sich weich in ihren Schoß, und sie strich ihm sanft über das Gefieder, schloss die Augen –

Und Christian Runge war stehengeblieben und guckte auf das Mädchen und den Schwan und auf das Weiche und Schöne der Szene, dies Schmiegen und Kosen und Aneinanderdrängen in all dem gärenden Aufruhr. Und er versank tief in dem Bilde, und er merkte auch nicht, dass jemand hinter ihm hastig vorüberrannte, sah nur das Mädchen mit dem Schwan.

Es war aber Henry Olfers, der da an ihm vorbeiraste, unten am Wallgraben hin, und der zu seiner Schwester wollte, zu Trude Olfers, die schon seit langem in dem Johannesstift wohnen musste, das da oben am Wallgraben lag.

Und sie saß jetzt am Fenster, am offenen Fenster, bleich und mit einer hoch sich türmenden altertümlichen Frisur, und sah in den Garten und den Wall hinaus. Und da drüben auf der anderen Seite des Wallgrabens oben zwischen den Bäumen lag weiß das Stadttheater, und da probte wohl jemand in einem Zimmer, denn es dauerte nur noch wenige Tage, dann sollte das Stadttheater wieder geöffnet werden, dann war die Sommerpause vorüber, und so sang da jemand zum Klavier durchs offene Fenster: »Letzte Rose, wie blühst du einsam«, und wenn es still war, klang der Gesang klar zu Trude Olfers hinüber, aber dann kam Wind und riss ihn mit fort in sein Rauschen hinein. »Letzte Rose, wie blühst du einsam.«

Und in dem Garten des Johannesstiftes, im weißen Kittel, stand Dr. Junghans bei den Rosen und schnitt schnell noch einen Strauß ab, ehe der Regen kam und sie alle zerschlug, und neben ihm stand Schwester Lucie und sah auf seine kräftigen, geschickten Hände und summte: »Letzte Rose«. – »Gott sei Dank, nicht die letzte, oh, es ist so ein Reichtum, solche Fülle dies Jahr, und es kommen noch viele wieder.« – »Ja, ein schönes Jahr, ein schöner Sommer«, sagte Schwester Lucie und streckte sich und dehnte sich und legte die Arme hinter den Kopf und wiegte sich: »Letzte Rose«, und der Wind bauschte ihr Kleid. Und Dr. Junghans nahm eine besonders schöne Rose, eine blutrote volle, und fand eine kleine Nadel an Schwester Lucies weißer Schürze und steckte sie ihr vor die Brust. Aber da sah Schwester Lucie Trude Olfers am Fenster sitzen mit so umdüsterter Miene, und sie sagte leise: »Gott, die Olfers, da sitzt sie nun, das ist sicher gar nicht gut für sie, wenn dies Gewitter man erst vorüber wäre, das nimmt sie immer so schrecklich mit. Wissen Sie noch damals, als sie partout mit der Schere ...«

»Ja, man muss sie ablenken«, sagte Dr. Junghans, »vielleicht können Sie Fräulein Nolte dazu bringen, dass sie ihr jetzt etwas Gesellschaft leistet, die beiden spielen doch immer zusammen – hallo, Olfers, wo

wollen Sie denn hin?« – »Zu meiner Schwester«, sagte Henry keu-
chend. »Jetzt, wo das Gewitter kommt und so gegen Abend ...« –
»Muss sie sprechen.« – »Können Sie das nicht aufschieben?« – »Nein,
muss sie unbedingt sprechen.« – »Sie ist aber jetzt sicher in gar keiner
guten Verfassung.« – »Nur einen Augenblick.« – »Aber vorsichtig.«
– »Ja, ja«, und Henry Olfers war schon weg.

»Armer Junge«, sagte Dr. Junghans zu Schwester Lucie, »hat Pech
mit seinen Schwestern, wenn ihm das man selber nicht zu Kopf steigt.«

»Henry«, sagte Trude Olfers, »komm doch mal her, nun hör doch
bloß mal, wie sie da drüben singt: ›Letzte Rose, wie blühst du einsam‹.«
– »Ja, ja, schön, Trude, aber lass doch mal.« – »Letzte Rose, wie blühst
du einsam«, sang Trude, aber da verschlang ein rollender Donner
den Gesang von drüben, »nun singt sie nicht mehr.«

»Trude, lass doch mal, ich muss dich was fragen. Weißt du, wer
dieser Metzler ist, was Mariechen mit ihm hatte?« – »Metzler?« – »Ja,
Metzler, wer ist das?« Trude guckte schwer vor sich hin auf die Fensterbank, und dann blitzte es wieder und donnerte, und der Wind
blähte die Gardine. »Nun kommt es, nun kommt es«, sagte Trude,
»oh, nun geht es gleich los, fühl's ja in allen Gliedern.« – »Wer war
dieser Metzler, Trude?« – »Sie war doch mit ihm auf dem Konserva-
torium damals in Leipzig – o herrlich, wie der Wind in die Bäume
geht und sie biegt und schüttelt – es geht los, es geht los.« – »Ja, und
später, was hatte sie denn mit ihm?« – »Mit wem?« – »Mit dem
Metzler doch.« – »Ja, weißt du, erst war er doch so schlank und fein
und still und wurde dann so dick und schwer, so muffig, und da
mochte sie ihn nicht mehr, das muss man ja verstehen, und da war
dann Leutnant Charisius, so vornehm und klug und sieht so gut aus
und bleich ...« – »Ja, das war er, so dick und muffig, der Mann bei
Steenkens«, murmelte Henry Olfers, und dann sagte er: »Du, ich hab'
nämlich 'n Brief heute gefunden von dem Metzler an sie, wollte sie
noch mal in der Borkenhütte sprechen.« – »Borkenhütte«, sagte Trude
und fasste sich ans Herz. »Hier, lies doch mal.« Trude las den Brief,
ihre Lippen bewegten sich, es wurde ihr wohl schwer zu lesen, zu
verstehen, das sah Henry wohl, sie war ja schon so kribbelig von dem
Gewitter, so durcheinander, sah ihn dann auch ganz leer und abwesend
an: »Ja, da wollte er sie noch mal sprechen, der arme Kerl, sie hat
ihn ja auch schön getriezt.« – »Armer Kerl«, schrie Henry, »der ist
es gewesen, der hat's getan.« – »Was getan?« – »Na, Trude, das

Schreckliche.« – »Was denn?« – »Na, Trude, hör mal.« – »Was ist denn los? Was willst du denn? Was soll das alles? Oh, wie's nun donnert und rauscht, oh, nun geht der Regen los, wie das plastert in die Büsche.« – »Es ist ja alles klar«, rief Henry Olfers, »nun sehe ich ja alles: der dicke Mann bei Steenkens, der Brief, die Uhr, Monogramm ›A.M.‹ – tjöh, Trude, ich muss weiter, nun ist ja alles klar, so ist es gewesen«, und Henry rannte aus dem Zimmer, und Trude rief: »Ja, es wird alles klar«, und stieß die Balkontür auf, die weißen Mullgardinen flogen zurück, und trat ans Geländer, und es wehte und blitzte und wühlte und donnerte, und der dicke Regen schlug ihr klatschwarm an die dünne Bluse und ins Gesicht und zertrümmerte ihre hohe Frisur, und die schwarzen Strähnen flatterten im Wind, und sie hob die Arme und atmete weit und tief, und dann sang sie vom Balkon in den Garten, in den Wall, in den wogenden Aufruhr hinunter: »Letzte Rose, wie blühst du einsam«, und dann lachte sie, »oh, nicht mehr einsam, nein, nicht mehr einsam ...«

Und das Gewitter rauschte über die Stadt dahin, über Stadt und Wiesen und Fluss. Die schweren hängenden Wolkenbäuche platzten, und der Regen strömte in die Gärten und auf die Dächer, und die Blitze umzuckten den Ägidienkirchturm, und die Blumen auf den Gräbern lagen zerquetscht an der Erde, und der Großvater stand am Fenster und schaute mit Sorgen auf sie hin. Und der Wind schüttelte die Segel auf dem Fluss und füllte sie prall und riss den Dampfern den Qualm vom Schornstein und fuhr in die Straßen, dass der Staub wirbelte, und schlug die offenen Fensterscheiben zu und das Glas klirrte. Schwül war es gewesen und dumpf und still in der Stadt, und traurig war das Leben geflossen, aber nun rauschte und knatterte das Gewitter, und es war ein Lachen und Schreien und Jubeln ausgebrochen in den Lüften und ein Pauken und Beckenschlagen, und Trude Olfers stand auf dem Balkon mit fliegendem Haar und sang und fühlte die große Vermischung, und der Schwan in dem Graben unter ihr auf dem wogenden dunklen Wasser hob sich weit aus der Flut und schlug mit den Flügeln und reckte den Hals und schrie. Und die Jungens in Timmermanns Badeanstalt, Jan Gaetjen und seine Peliden, die sprangen kopfüber hoch vom Sprungbrett, und die Wellen tanzten und schäumten, und sie prusteten und kreischten und reckten die Arme, und Martin Hollmann saß still am Strande im Regen, blass und müde, verbleut und zerkratzt, aber glücklich: er gehörte zur Bande.

Und die Kompanie des Leutnant Charisius marschierte auf dem Werder dahin, zurück zur Kaserne, stramm und mit hartem, regenverpeitschtem Gesicht, und schmetterte ein Marschlied, und Leutnant Charisius ging ein wenig hinterher. Lass es krachen, lass es donnern, recht so, recht, scharf muss der Blitz den Wolkensack zerschneiden. Und im Bürgerpark vor dem Schweizerhaus, wo die Leute so gemütlich auf der Wiese vorm Viktoriasee gesessen hatten, bei Kaffee und Kuchen, und Wöhlbiers Militärkapelle hatte gespielt in dem Pavillon, da war ein großer Tumult entstanden, die Leute drängten in die geschlossene Holzveranda des Schweizerhauses, und die Kellner hasteten zwischen den Tischen umher, rissen die Decken ab, trugen das Geschirr weg, und die Musiker sahen ruhig zu, geschützt durch das Pavillondach. Und Herr Rodani aus Genua, Bildhauer von Grabmälern, der saß beim Zahnarzt mit einer schlimmen Wurzelentzündung, lag weit zurückgelehnt in dem weißen Eisenstuhl, und die Maschine dröhnte in seinem Kopf, und er wimmerte leise und sah mit seinen schwarzen Flackeraugen qualvoll in den flammenden Himmel. Und während er so dalag, packte zu Hause in der Kammer sein Sohn Alberto in aller Hast seine paar Siebensachen in ein Bündel zusammen und lief raus in den Regen, zum Hafen hin, wo die Tosca am Quai lag, rauchend und sich füllend mit den schweren Ballen und leis erzitternd in Abfahrtsunruhe. Und der Regen rauschte stramm und stark, und die Büsche und Bäume erfrischten sich, und die Erde dampfte gekühlt, und der Donner rollte weicher und ferner. Und Frau Hollmann stand noch immer in ihrer Kammer am Fenster, schaute in den Garten, und an der Scheibe liefen die dicken Tropfen runter, und hinter ihr der Schrank stand offen, da hingen die Kleider des Toten, und da zuckte es leise in ihr, und der Mund in dem blassen Gesicht zitterte, das Starre löste sich sanft, und Tränen, Tränen rannen ihr über die Backe.

Auch Meta, die kleine Meta, schluchzte leise in Herrn Timmermanns dämmrigem Restaurationsraum, weil der Regen nun doch noch Lach-Wein-Gesicht kaputt gemacht hatte. Drachen-Emils Zerstörungswut war er glücklich entgangen, nun hatte der Regen ihn noch ruiniert – verwischt, verspült die Farben des Gesichts und zerfetzt das Papier, so lag er auf dem Boden. Und Anni stand dabei und Herr Timmermann sagte: »Kinder, den könnt ihr doch neu machen.«

»Ach, Onkel Timmermann, so einen kriegen wir nicht wieder.«

Und Christian Runge stand im Hausflur und schüttelte den Regen vom Hut und vom Ärmel, und seine Schwester Minna, klein und schon etwas vertrocknet, mit lederner Haut und einem Hauch von Schnurrbart auf der Oberlippe, sah aus dem Zimmer: »Nun zieh dich man erst um.« – »Nein, lass mal«, sagte Christian Runge und ging in sein Arbeitszimmer mit den vielen Bücherregalen, die Fenster waren geschlossen und dumpfig die Luft, und Christian Runge öffnete ein wenig das Fenster, und der Wind drang herein und frischer Blätterduft, und während draußen überm Wall das Gewitter verströmte, saß er am Schreibtisch und wühlte in fiebernder Hast Worte, Worte hin auf das Papier: »Als Leda im Wochenbett lag, im dämmrigen Gemach, und in der Wiege neben ihr die Zwillinge Kastor und Pollux, da kam eines Tages ihre alte Amme und beugte sich tief über sie, und da hob sich Leda etwas aus den Kissen, noch blass und matt und flüsterte ihr zu: ›Oh, es sind ja gar nicht seine Kinder, Menandros weiß ja von nichts.‹ O Amme, was war das für ein Sommer. Wie schwer hab' ich das alles verstanden, wie viel hab' ich auf einmal verstanden. Wenn ich in den Park ging, wie sanft leuchteten die Früchte aus dem Laub und sanken mir wie von selber in die Hand zum Genuss, wie rauschte es weich und wollustvoll in den Büschen, und die Pappeln rieselten und schauerten leise im Blau, und wie floss das Abendrot warm, und wenn ich durch das gelbe Kornfeld ging, was war das für ein Wogen, Rauschen und Raunen, und wie fasste mich Lust hinzu-sinken – hinein, und die schönen weichen Sommerwolken, die kosende Luft, die schwimmenden Schatten – und wenn das Mondlicht mild in den Park floss, dann ging ich zum Teich, dem stillen, braunen, badete meinen Leib in dem kühlen Wasser, und mein Fleisch und das Wasser und die Teichrosen schimmerten weiß, und wenn ich dann an der dunklen Böschung saß unterm Weidenbaum, die Füße plätschernd in der Flut, dann näherte sich mir wohl ein großer Schwan und schmiegte sich an meine Knie und legte seinen Kopf in meine Hand. Und immer voller wurde der Sommer, und es war so eine Unruhe und so ein Ziehen in der Luft, und ich glaubte oft Musik zu hören, schwere, süße Harmonien, bitter zehrende, und es schmerzte mir der Kopf und die Glieder, und ich rannte in den Park raus, wusste gar nicht, was ich wollte, die Wolken drängten grau über die Baumwipfel, der Wind, der schwüle, riss mich hierhin und dorthin, und nachts in meiner Kammer konnte ich nicht schlafen, die Bäume brausten dunkel, und ich glaubte vorm Fenster Flügelschlagen zu hören von großen Vögeln, und lange, lockende, klagende Schreie –

Und dann kam ein Abend, gewitterdunkel und stürmisch, mit fahlem Licht und fliegenden Schatten, und einem Wühlen in den Bäumen, einem Seufzen und Verlechzen, und Wolken, hindrängenden, und drohendem Himmel, blauschwarz und grau, und alles ein Kreisen und Ineinanderfluten, und einen Augenblick Stille, einen Augenblick Atemanhalten, aber dann brach es erst los, klatschwarmer Regen, und der Wind stieß mein Fenster auf, ich sank hin auf die Knie, und da kam er, großflügelig rauschend über die Baumwipfel, grauweiß erschimmernd, von Blitzen umflammt: der Schwan, der Schwan –«

»Fräulein Olfers, was machen Sie denn hier«, rief Schwester Lucie und rüttelte sie vorsichtig an der Schulter. Aber Trude rührte sich nicht. Sie war runtergerutscht an dem Geländer des Balkons, und nun lag sie angelehnt da, die Arme auf dem Geländer und den Kopf darauf, die feuchten Haarsträhnen fielen ihr über Stirn und Rücken, durchnässt war die Bluse. »Was hat sie denn«, fragte Hanni Nolte, sie war fünfundzwanzig Jahre alt und trug dabei noch immer einen dicken Zopf mit einer großen weißen Schleife, sie war rundlich und lustig, aber jetzt stand sie nachdenklich da, einen großen Pappkarton unter dem Arm. »Fassen Sie mal mit an«, sagte Schwester Lucie, und sie zogen Trude Olfers hoch, sie öffnete ein wenig die Augen und ließ sich schlapp hängen und ließ sich willenlos ins Bett packen. »Trude, wir wollen doch ›Mensch, ärger dich nicht‹ spielen«, sagte Hanni Nolte. »Das geht doch nicht«, sagte Schwester Lucie und zog Trude Olfers das nasse Zeug aus und das Nachthemd an und legte ihr die Decke über, strich ihr über das schwarze Haar: »Schlafen Sie man weiter«, und Trude nickte mit geschlossenen Augen, stumm, war schon wieder eingeschlafen, todmüde, leer und bleich. »Alte Schlafmütze«, sagte Hanni Nolte und, machte eine dicke Unterlippe, »ich will doch ›Mensch, ärger dich nicht‹ spielen.« – »Kommen Sie man«, sagte Schwester Lucie und hob sie sanft aus der Tür, und dann trat sie leise hinaus auf den Balkon.

Vorbei war das Gewitter, vorbei der Regen, es tropfte nur noch von den Bäumen, grauhell war der Himmel aufgelichtet, und in den Wallanlagen begann es schon zu dämmern. Ein Donner verrollte fern wie das Rollen auf einer Kegelbahn. Frisch war die Luft und roch nach Blättern und Gras und Blumen, leise stieg aus den Gärten, aus dem Rasen, aus dem Wallgraben Nebeldunst und umschleierte Schwäne, Büsche, Bäume, milde schwamm das erste Laternenlicht in der feuchten Atmosphäre, und vom Stadttheater her, das da oben, da drüben weißlich aus den Kastanien hervordämmerte, sang nun wieder eine Frauenstimme: »Titania ist herabgestiegen«, frisch und hell und leicht, klar wie der Stern, der da oben am dunklen Wolkenrand auf-zitterte. Und Schwester Lucie atmete tief und lang und glücklich die gereinigte Luft ein, die Rose, die blutigrote, volle, die ihr Doktor Junghans heute Abend geschenkt hatte, stak noch an ihrer Brust, alles war entschieden, alles klar, endlich hatte er gesprochen, der umständ-liche Mensch, das richtige Wort, und während der Regen still tropfte, die Atemzüge der Schlafenden ruhig-gleichmäßig aus dem dunklen Zimmer herüberschwebten, legte Schwester Lucie die Hand auf die Rose, die üppige, fleischige, drückte sie an die Brust, zerpresste, zer-wühlte sie zwischen den Fingern.

Es gab einen scharfen klirrenden Ton. Susi, das Aufwaschmädchen, sah, dass das Glas zersprungen war und wollte es schnell beiseite stellen, um es später wegzuwerfen, da trat schon Frau Metzler auf sie zu: »Susi, schon wieder ein Glas kaputt.«

»Stimmt gar nicht, der Sprung war schon.«

»Hab's ja gehört. Lange sehe ich das nicht mehr mit an. Wenn Sie nicht besser arbeiten, dann muss ich das Herrn Dirksen melden – so schlurig zu sein.«

Kopfschüttelnd wandte sich Frau Metzler ab, und Susi feixte hinter ihrem Rücken der Köchin zu und streckte die Zunge aus. Der Betrieb war etwas ruhiger geworden, das Gewitter hatte viele Gäste aus dem Schweizerhaus vertrieben, und manche waren auch sicherlich wegge-gangen, weil die Abendbrotzeit heranrückte. Frau Metzler trat zum Fenster, um zu sehen, was da noch los war. Die Kellner waren noch dabei, die Tische und Stühle abzutrocknen und die Decken wieder aufzulegen, und die Leute waren wieder aus der Veranda hervorge-kommen und setzten sich zurück auf ihre Plätze. O die schöne Luft, was trinken wir denn nun? Und Wöhlbiers Kapelle spielte einen lustigen Polka gemütlich hüpfend, und die weißen Lampenkugeln gingen an und glühten sanft im Kastaniengrün.

Willi, der alte Oberkellner, kam in die Küche. Er war klein und hatte lange Arme und schaukelte sie affenartig, und auch sein Gesicht war ein Affengesicht, die Haare in der Mitte pomadig gescheitelt, faltig und mit guten braunen Augen. Unterm Arm hatte er eine Zeitung eingeklemmt. »Ist aber ziemlich dunkel hier«, sagte er.

»Och, wenn wir uns hier die Augen verderben, das schad't ja nichts«, sagte die Köchin.

»Wenn Sie man sticheln können«, sagte Frau Metzler, »Susi, dreh mal das Licht an.« Susi ging zum Schalter, und das kalte, harte Licht beschien die weißen gekachelten Wände, die kahlen Tische, den großen Herd, die Töpfe, das Geschirr.

»Georg sitzt draußen«, sagte Willi.

»Was sagt er?«

»Habe nicht mit ihm geredet, saß so in Gedanken da.«

»Na, will mal eben zu ihm«, sagte Frau Metzler.

»Bäh«, machte ihr Susi nach.

»Sie sollten sich schämen«, sagte Willi und sah sie traurig an mit seinen Affenaugen.

»Och, ist ja auch wahr, dies ewige Meckern«, sagte Susi.

»Die soll sich man bloß nicht tun«, sagte die Köchin.

»Die Frau lasst man in Ruhe«, sagte Willi, »die ist in Ordnung, möchte wohl wissen, wie es hier aussähe, wenn die nicht ...«

»Oh, lass mal die Zeitung sehn«, sagte die Köchin und riss sie ihm schon unterm Arm weg.

»Da hat man's ja, kaum ist die Katze aus dem Zimmer, dann tanzen die Mäuse.«

»Katze, Katze, du hast ganz recht«, rief die Köchin und schwenkte die Zeitung und tanzte im Polkaschritt nach Wöhlbiers Musik durch die Küche hin.

»Ist mir gar nicht recht, dass ich jetzt so wenig abends zu Hause sein kann«, sagte Frau Metzler. »Ich muss mal 'n bisschen mehr aufpassen, dass du ordentlich was isst. Du lässt ja in letzter Zeit alles stehen. Schmeckt dir das denn nicht?«

»Doch, ich ess doch auch ganz gut«, sagte brummig Herr Metzler.

»Du isst gar nichts. Gestern die schöne Leberwurst hast du überhaupt nicht angerührt, und die dicke Milch hast du auch stehen lassen, die ist nun schlecht. Im Fliegenschrank steht noch 'ne Dose Sardinen und 'n Stück Sülze, magst du das denn wenigstens? Oder soll ich dir mal was anderes besorgen?«

»Nee, lass man, das ist schon alles ganz gut so, das ist ja alles nicht wichtig.«

»Essen ist wohl wichtig. Fehlt dir denn was, mein Junge? Du hast doch irgend was?«

»Nun lass doch diese ewigen Fragereien, es geht mir ja ganz gut.«

»Was bist du für 'n alter Muffpott geworden«, sagte Frau Metzler. »Ich versteh' das nicht: Nun hast du die schöne Stellung und bist doch nicht zufrieden.«

Sie stand neben dem Tisch, an dem ihr Sohn saß, vor ihm auf der rotweißkarierten Decke ein Bierglas, und der steife Hut lag neben ihm auf dem Stuhl, und weiß und rund schimmerte sein Gesicht im matten Lampenschein, und seine kleinen schwarzen Augen blickten stumpf über die Tische und Leute hin zum See. Milchiger Dunst schwamm über dem See, und ein paar Ruderboote mit Liebespärchen fuhren still durch den Dunst, und um den See herum standen stumm und schwarz die Bäume des Bürgerparks, und die Figuren, Najaden und Tritonen am Ufer verdämmerten matt in die Bäume hinein. Und da stand ein Mann aus Wöhlbiers Kapelle auf und stellte sich auf das Podium und sagte: »Ich spiele nun ein Potpourri aus der Operette ›Der Bettelstudent‹«, und dann hob er die Trompete an den Mund und begann zu blasen, er ganz allein, und die Trompete und die Litze an seinem Kragen glänzten golden aus dem Dämmer, und seine Uniform war tiefblau, und die Töne der Trompete waren scharf und langgezogen und durchschnitten die weiche Abendruhe, und dann ruckten die Töne eckig-hart, und dann kam er zu der Stelle und spielte klagend: »Ach, ich hab' sie ja nur auf die Schulter geküsst«, und da summten viele Leute mit und pfiffen leise und wiegten sich. Und Herr Metzler lachte bitter auf: »Ach, ich hab' sie ja nur auf die Schulter geküsst, Gott o Gott.«

»Lass ihn man«, sagte Frau Metzler, »so schön wie mein Junge können eben nicht alle spielen«, und dann fiel ihr plötzlich Georgs Geburtstag ein und die neue Uhr, die sie ihm schenken wollte: »Sag' mal, Vaters Uhr hast du noch nicht wiedergefunden?«

»Nein, nein«, sagte Herr Metzler, »nun fängst du auch noch damit an. Die ist nun mal weg. Herrgott, ist das denn so schlimm?«

»Gar nicht schlimm, mein Junge, ich wollt's ja nur wissen. Nun reg dich doch bloß nicht so darüber auf.« Und sie klopfte ihn ermunternd auf die breite Schulter und schüttelte ihn leicht und legte ihren Kopf zärtlich an seinen: »Im Liegenlassen und Vergessen war er ja immer groß, mein kleiner zerstreuter Professor.«

Und die Trompete spielte, und der Dunst wallte, und über den dunklen Bäumen stieg rot und groß und vollgesogen mit dem Blut der Erde die Mondkugel auf.

Die Großmutter klopfte wieder an Frau Hollmanns Kammertür: »Luise, nun hör doch mal«, aber drinnen regte sich nichts. »Luise, Martin ist noch immer nicht da.« Es blieb eine Weile noch still, aber dann wurde die Tür aufgeschlossen, und Frau Hollmann stand undeutlich, schattenhaft auf der Schwelle: »Martin? Wo ist er denn?« – »Er ist weggegangen zum Baden und ist noch immer nicht zurück.« – »Zum Baden? Müsste doch lange zurück sein.« – »Wenn dem Jungen man nichts passiert ist«, sagte die Großmutter, »nun ist doch das Gewitter gewesen.« – »Ich will doch auch gar nicht, dass er immer zu Timmermann geht«, sagte Frau Hollmann, »soll doch im Garten spielen.« – »Ja, wenn du nicht aufpasst, wenn du nur deinen Kram da im Kopf hast, dann soll er wohl zu Timmermann laufen. Der Junge fühlt sich gar nicht mehr wohl zu Hause.« – »Aber er muss doch sicher gleich kommen«, sagte Frau Hollmann. Sie ging über den dunklen Flur in die vordere Stube und sah aus dem Fenster auf die Straße, machte das Fenster auf und lehnte sich raus. Leer war die Straße und dämmerig, und die Laternen glommen trübe im feuchten Dunst.

»Jetzt kann er doch nicht mehr beim Baden sein«, sagte Frau Hollmann.

»Ja, wo mag er wohl stecken«, sagte die Großmutter. »Es ist ja auch zu grässlich, wie du den Jungen behandelst. Der soll wohl keine Lust mehr haben, nach Hause zu kommen.«

»Ich hab' ihm doch nichts getan«, sagte Frau Hollmann. »Gott, Martin, wo mag er wohl sein?«

Ja, Martin, wo war Martin? Ein altes Schiffswrack lag im Dock auf Lührssens Werft am Fluss, ein alter abgetakelter Eisenkasten, lange

Zeit lag er schon da, rostzerfressen die schwarzen Eisenplatten, die an der einen Seite schon halb abgenommen waren, und die Rippen traten hervor, die mennigrote Farbe am untern Teil des Rumpfes leuchtete nur noch matt, und verödet lag Lührssens Werft zu dieser Stunde da, die Arbeiter hatten längst Feierabend gemacht, aber was war das trotzdem für ein dumpfes, hohles Tönen von Stimmen aus dem Rumpf des Schiffes?

Es war Jan Gaetjen und seine Bande, da standen sie in dem Schiffsrumpf zwischen verrosteten Wänden im weiten Halbkreis um Jan, und der kleine Martin stand vor Jan, und Fackeln flackerten, von Jungens hochgehalten, flammten blutigrot über die Eisenwände, und Jan sagte: »Peliden, ich hab's mir heute lange überlegt, ich finde es schofel, wenn wir Hollmann nicht sofort, nicht heute noch in unsere Bande aufnehmen, nachdem er sich so tadellos benommen hat. Und weil er alles so klug und überlegt angefasst hat, bin ich dafür, ihm den Namen Odysseus zu geben. Seid ihr einverstanden?«

»Einverstanden, einverstanden. Hoch Odysseus.«

»Also auf zur Zeremonie. Jonny, gib mir das Messer. Pips, hol den Becher und gieß Wein ein. Martin, krempel deinen Ärmel hoch am rechten Arm.«

Pips, die kleine Spitznase, rannte in eine dunkle Ecke und holte hinter einer Rippe einen alten Eisenbecher, wie ihn die Ritter im Theater schwingen, und eine Flasche Rotwein (»Beaujolais« stand auf dem weißen Schild), beides hatte er zu Hause schon vor längerer Zeit entwendet, und goss den Becher voll mit dem Rotwein und trat zu Jan und reichte ihm den Becher. Und Martin streifte den Ärmel von seinem mageren Arm.

»Nun sprich mir nach«, sagte Jan:

»Ich schwöre, dass ich der Bande Treue halte bis in den Tod.«

»Ich schwöre, dass ich der Bande Treue halte bis in den Tod«, sagte Martin leise.

»Dass ich mutig bin.«

»Dass ich mutig bin.«

»Dass ich Lügen verachte.«

»Dass ich Lügen verachte.«

»Dass ich alle Philister hasse.«

»Dass ich alle Philister hasse.«

»Und sie mit Pech und Schwefel verfolgen werde.«

»Und sie mit Pech und Schwefel verfolgen werde.«

»Dass ich mich üben werde in allen Arten des Sports.«

»Dass ich mich üben werde in allen Arten des Sports.«

»Auf dass mein Leib stark und hart werde wie bei den Griechen.«

»Auf dass mein Leib stark und hart werde wie bei den Griechen.«

»Zum Zeichen, dass dies wahr ist und dass du aufgenommen bist in unsere Blutsbrüderschaft, werde ich dir nun, Martin Hollmann, einen Schnitt in den Arm machen, und du wirst dein Blut in den Becher fließen lassen, und wir werden alle davon trinken.« Damit schnitt Jan fest in Martins Unterarm und hielt den Becher mit Wein unter die Wunde, und das Blut tropfte hinein.

Dazu aber erscholl dumpf der Chor der Bande:

> Treue, Treue wolln wir halten
> Unserm Bruder bis zum Tod,
> Drum so muss im Becher mischen
> Wein und Blut sich blutigrot.

Und Martin stand da im Fackelschein, bleich vor Anspannung, zitternd vor Erregung, und sah sein Blut fließen, hörte den dunklen Gesang, und dann sah er, wie Jan zuerst aus dem Becher trank, und dann kreiste der Becher von Mund zu Mund, und eine Trommel aus dem Hintergrund wirbelte dumpf, und durch ein Loch in dem Schiffsrumpf sah er nach draußen auf den Strand, auf den dämmrigen Fluss, wo die Nebel zogen; und groß über Wiesen, überm Werder, auf der anderen Seite des Flusses, über Timmermanns ganz im Schatten versunkener Bretterbude, hob sich rot und rund und schwer aus all dem Rauch der Mond, und da war der Becher wieder in Jans Hand, und er hielt ihn Martin hin: »Nun, kluger Odysseus, trink auch du.«

Und Martin nahm mit zitternder Hand den alten Becher und trank, und das schmeckte so stark nach Eisen und Blut und Wein, und er schwankte, es war wohl zu viel für ihn gewesen, was er an diesem Tag hatte durchmachen müssen an Erregung, Kummer und Freude, und schlug dumpf hin auf den stählernen Boden.

Allmählich war es doch zu dunkel geworden in der Laube, und der Großvater sagte: »Dora, hol mal die Lampe«, und Dora ging rüber ins Haus, und dann kam sie wieder zurück mit der brennenden Petroleumlampe, und sie ging zwischen den Gräbern durch, und der gelbwarme Schein der Lampe fiel in ihr ernstes weiches Gesicht. Und die Blumen auf den Gräbern hauchten süßen sehnsuchtsvollen Duft und der Dunst schwamm um die Lampe, und Dora dachte: »Alberto – bald«, und sie würden hinterm Schuppen stehen, und sie durfte ihm durch die Locken wühlen und seinen Kuss schmecken und fühlte schon seinen starken Arm um ihre Hüfte gelegt.

»Da seid ihr ja einer großen Gefahr entgangen«, sagte der Großvater. »Dieser Drachen-Emil, das muss ja ein kleines Scheusal sein.« – »Ja, ganz gelbes Haar hat er und Augen – huh, und schreien kann er«, sagte Meta. Sie saßen in der Laube, die der Wohnung schräg gegenüber lag an der Kirchhofsmauer. Dora stellte die Lampe auf den Gartentisch und sagte: »Nun esst aber mal, Kinder, und redet nicht so viel.« – »Ja, seid mal etwas ruhig, wenn ihr so viel redet, könnt ihr nachher nicht schlafen«, sagte auch der Großvater, »seht doch mal, wie still und friedlich der Mond da zwischen den Bäumen durchscheint.« Aber Meta und Anni sahen nur ganz flüchtig hin, sie waren noch zu aufgeregt von den Ereignissen des Tages und schwatzten immer noch weiter von Drachen-Emil und Martins Heldentat und dem Gewitter, und wie Lach-Wein-Gesicht im Regenprall kaputt gegangen war. Und das arme Lach-Wein-Gesicht, zerfetzt und verregnet, stand angelehnt am Eingang der Laube, und nur das weinende Auge mit blutigen Tränen war noch auf dem Papier zu erkennen. »Wenn er ein Mensch wäre, Opa«, sagte Anni und zeigte auf Lach-Wein-Gesicht, »dann müsste er doch jetzt auf deinem Kirchhof begraben werden, nicht? Denn er ist doch tot.« – »Das müsste er wohl«, sagte der Großvater, »und Pastor Gerdes würde eine feierliche Rede halten.« – »Oha«, sagte Meta und tuschelte Anni schnell was zu, und Anni kicherte und hopste auf ihrem Platz vor Vergnügen. »Na, na, nicht flüstern«, sagte Dora.

Die Mädchen hatten es nun auf einmal sehr eilig, ihr Butterbrot aufzuessen und die Milch auszutrinken. Und dann hielt sich Meta ziemlich offensichtlich die Hand vor den Mund und gähnte, und Anni gähnte auch, und da sagte der Großvater: »Also marsch in die Klappe«, und gleich sprangen sie auf, gaben dem Großvater flüchtig einen Kuss, nahmen das kaputte Lach-Wein-Gesicht – »Kinder, was wollt ihr denn jetzt noch mit dem Drachen« – und waren schon zwischen den Büschen verschwunden.

Der Großvater und Dora saßen nun still in der dicht umwachsenen Laube beim Schein der Petroleumlampe, sie aßen nicht mehr, sie blickten über die Gräber bin. Rötlich und sanft stand der Mond hinter den Baumkronen, und sein Licht floss nieder in den Friedhof, und die Kreuze und basalteten Steine und weißen geborstenen Säulen und das Gitterwerk um die Gräber schimmerten auf. Da klang es dunkel und voll vom Kirchturm. »Halb neun«, sagte der Großvater. Und Dora wurde unruhig und stand auf und nahm das Teebrett und sagte: »Ich will mal eben abtragen.« Aber der Großvater sagte: »Nein, bleib mal hier, mein Kind, lass das jetzt mal, komm, setz dich hier mal her, hier auf die Bank zu mir, so, und nun sei mal ganz ruhig und vernünftig« – er legte seine alte verwitterte, sonnenverbrannte Hand auf ihren weichen runden Arm und streichelte sie sanft, und Dora guckte blass und mit großen, blanken Augen – »du brauchst nicht mehr hinzugehen, mein Kind. Er ist nicht da.« – »Ist also weggegangen, der gemeine Kerl?« Der Großvater nickte: »Heute Abend. Er mochte es dir nicht sagen. Ja, er hat es sich wohl etwas bequem gemacht.«

Und dann schwiegen sie wieder lange. Trübe zog der Dunst über die Gräber, rötlich glühte der Mond, kühl hauchte es aus der Erde, und die Blumen dufteten so süß und sehnsuchtsvoll. Da tutete auf einmal dumpf vom Hafen her ein Dampfer.

Milde lag der gelbwarme Schein der Petroleumlampe auf Doras rundem, blassem Gesicht, und der Großvater schielte sie vorsichtig von der Seite an. Dicke Tränen kullerten aus ihren offenen Augen. »Weg – weg«, sagte sie, »nicht mehr zum Schuppen, gar nichts mehr – was soll ich denn nun machen?«

»Still, mein Kind«, sagte der Großvater, »wird schon vergehn. Vergeht ja alles.«

In Tränenschleiern und Mondendunst verschwamm für Dora der Friedhof, die Welt.

»Das wird ja immer schöner«, sagte Frau Metzler, »Zeitung lesen, wo so viel zu tun ist.« Die Köchin hatte die Zeitung auf dem Küchentisch ausgebreitet, und sie lag darüber, den Kopf auf die Arme gestützt. Mürrisch brummelnd ging sie an den Herd zurück. Und Frau Metzler wollte gerade die Zeitung zusammenfalten, da sah die die Abbildung der Uhr, und dann las sie: »Neues über den rätselhaften Mord in der Borkenhütte. Gestern hat ein Spaziergänger zufällig im Grase dicht vor der Borkenhütte die hier abgebildete Herrenuhr gefunden. Es besteht nun stark der Verdacht, dass der Mörder der Marie Olfers sie am Tatort verloren hat.« – Das kann ja wohl nicht sein, das muss doch ein Irrtum sein, das ist ja Unsinn. – »Es handelt sich um eine dicke, goldene Herrenuhr von etwas altmodischer Form und Machart, das Zifferblatt mit blauen Blumen geschmückt, höchstwahrscheinlich ein Erbstück, und auf dem Rückendeckel ist das Monogramm ›A.M.‹« – Ja, das ist sie, aber das ist ja ganz unmöglich, wie kommt die Uhr da hin, ein Versehen, die hat jemand da hingelegt, ich muss doch gleich mal mit Georg – Gott, o Gott, und sie nahm die Zeitung in beide Hände, aufgeschlagen, und ging hastig aus der Küche.

»Was hat sie denn nun«, sagte die Köchin, »mir nimmt sie sie weg und dann liest sie selber wie verrückt darin.«

»Hast du gesehen, wie sie guckte«, sagte Susi, »da konnte einem ja ganz anders werden.«

Frau Metzler ging mit der Zeitung durch die Tische, wo die Leute saßen, die Zeitung flatterte, so schnell ging sie, und Wöhlbiers Militärkapelle spielte, und die Lampen leuchteten zwischen den Bäumen, aber dann blieb sie stehen. Was standen denn da für Herren bei Georg? Was wollten die denn, und warum saß er denn so gebückt und komisch da? Sie ging weiter. Ihr Herz hämmerte, sie schluckte. Georg, o Gott, Georg, es kann ja nicht sein, und dann war sie an seinem Tische angelangt und wusste nichts zu sagen, weil die Herren noch immer da standen, und dann sagte sie schließlich: »Georg, kann ich dich mal eben sprechen?« Aber der eine Herr sagte: »Dafür ist jetzt wohl nicht der richtige Augenblick.« – »Ich bin aber seine Mutter«, sagte Frau Metzler, »für die wird er wohl noch einen Augenblick Zeit haben. Georg, es ist wichtig.« – »So, Sie sind die Mutter«, sagte der Herr, »dann kennen Sie vielleicht diese Uhr?« – »Natürlich kenn ich sie«, sagte Frau Metzler, »aber das ist ja alles ein Irrtum, das stimmt ja gar nicht, was hat Georg denn mit der ganzen Sache zu tun? Und warum mischen Sie sich überhaupt darein? Wer sind Sie?« – »Bitte, seien Sie etwas ruhiger, mäßigen Sie sich etwas. Ich sage das in Ihrem Interesse. Es ist doch besser, wenn die ganze Sache unauffällig verläuft. Wir beide sind von der Kriminalpolizei«, er öffnete die Hand und zeigte die Marke, »wir müssen Ihren Sohn leider verhaften, bitte, seien Sie still.« – »Georg, Junge, und du sagst gar nichts? Du lässt dir das alles gefallen?«

Aber da sah Georg langsam auf zu ihr, oh, wie war sein Gesicht blass und müde, und der Blick so tot, aber doch auch wieder sanft und gelöst wie nie vorher. »Lass man«, sagte er leise, »es stimmt ja alles, muss ja alles so sein, ist schon richtig so«, und da sank Frau Metzler auf einen Stuhl und legte die Arme auf den Tisch und den Kopf darauf und weinte, weinte. »Vorsicht«, sagte der Herr, »man guckt schon von den Nebentischen.« Er beugte sich zu Georg runter: »Ich lasse Ihnen noch einen Augenblick Zeit, mit Ihrer Mutter zu sprechen.« – »Danke«, sagte Georg, und die beiden Herren traten zurück, gingen dorthin, wo die Tische aufhörten und die Anlagen begannen und blickten unverwandt zu Georg hinüber. Und Henry Olfers und Hans Steenken traten aus dem Baumdunkel auf sie zu, und Henry sagte: »Was ist denn nun los, ist es doch nicht der Richtige?« – »Doch«, sagte der Herr, »der Richtige ist es schon. Er spricht mit seiner Mutter. Jungens, das habt ihr wirklich ausgezeichnet gemacht.«

Und Wöhlbiers Militärkapelle spielte unermüdlich weiter, ein Potpourri aus dem »Fidelen Bauer«, und die Leute lachten und plauderten, tranken Bier und Kaffee und Ananasbowle, und die Kellner liefen eilfertig zwischen den Tischen und schwangen ihre Servietten, und auf dem See kreisten die Ruderboote im Mondendunst, und der Mond hob sich immer mehr über die Bäume und verlor die blutige Farbe und wurde klarer und strahlender und durchleuchtete den Himmel.

Und dann kam der Augenblick, da legte sich eine Hand auf Herrn Metzlers Schulter: »Es ist Zeit, kommen Sie man ohne viel Worte.« Und Herr Metzler stand langsam auf, so schwer, nahm seinen steifen Hut vom Stuhl, und dann stand er vor seiner Mutter, schwankend, so geisterbleich das dicke Gesicht, und da umschlang sie ihn, küsste ihn: »Mein Junge, mein armer Junge«, und dann sah sie ihn weggehen mit den Herren, er in der Mitte, durch all die Tische, und da hinten stiegen sie in eine Droschke und fuhren in den dunklen Bürgerpark hinein.

Willi, der Oberkellner, stand vor Frau Metzler und sah sie traurig an mit seinen braunen Affenaugen: »Was ist denn los mit Georg? Was wollten die denn eben?«

»O Willi«, schrie Frau Metzler und biss sich auf die Faust, »sie haben ihn abgeführt, sie haben meinen Jungen abgeführt.«

»Georg? Was hat er denn bloß getan?«

»Sie muss ihn ja auch wahnsinnig gemacht haben – die grässliche Person.«

»Wer denn? Was ist denn los?«

»Die Olfers, Willi, du weißt doch ...«

»Das war Georg?«

»Der dumme Bengel ... bloß, weil sie ihn nicht mehr mochte ...«

»O Gott«, sagte Willi.

»Liebe Leidtragende«, sagte Meta, sie hatte die Hände überm Bauch gefaltet und ein schwarzes Regencape umgehängt und vor der Brust ein kleines weißes Kinderlätzchen baumeln, »wir begraben heute unser liebes Lach-Wein-Gesicht, das leider schon so früh von hinnen musste. Heute am frühen Nachmittag ist es erst zur Welt gekommen, und abends lag es schon tot da. Es gibt wohl keinen unter uns, der ihm nicht von ganzem Herzen nachtrauert, war er doch ein guter Drachen, ein lieber Drachen, ein artiger Drachen. Wie fein hat er sich im Kampf mit Drachen-Emil benommen, und er wäre noch am Leben, wenn nicht das schreckliche Gewitter gewesen wäre. Aber gegen so ein furchtbares Gewitter kommen ja auch wir Menschen nicht an. Darum ruhe in Frieden, Lach-Wein-Gesicht, du hast deine Pflicht getan, und wir werden dich nie vergessen.«

Sie hatten in der Ecke zwischen Schuppen und Kirchhofsmauer, die der alte Nussbaum so tief umschattete, dass kaum ein Mondstrahl hineindrang, ein kleines Grab geschaufelt und das zerfetzte Lach-Wein-Gesicht hineingelegt, und Anni stand neben dem Grabe, und während Meta feierlich-tief sprach, drückte sie ein kleines Taschentuch an die Augen und schluchzte, aber als die Predigt zu Ende war, da klatschte sie in die Hände: »Schick, Meta, das hast du fabelhaft gesagt.« Aber Meta ließ sich gar nicht stören in ihrem feierlichen Gebaren und nahm eine Schaufel und schüttete Sand auf Lach-Wein-Gesicht – »Los doch, du auch ...« – und dabei sagte sie, und Anni sprach es ihr nach: »Ruhe sanft – möge die Erde dir leicht sein – Friede deiner Asche.«

Da stand Dora plötzlich an der Schuppenwand: »Was macht ihr hier denn für 'n Unsinn? Ich denk', ihr seid längst im Bett.«

»Och, wir haben nur Lach-Wein-Gesicht begraben.«

»Nun aber los«, sagte Dora, und die Mädchen ließen die Schaufeln fallen und huschten kichernd hinweg.

Begraben, klang es in Dora nach, hier Lach-Wein-Gesicht begraben, und sie blickte lange auf die leere Bank unterm Nussbaum, wo sie eigentlich nun mit Alberto hätte sitzen müssen.

Lina machte die Tür auf. Frau Hollmann saß in der dunklen Stube am Fenster. »Frau Hollmann, Martin ist da, er ist mit 'ner Droschke gekommen, sie haben ihn mit 'ner Droschke gebracht.«

Frau Hollmann sah aus dem Fenster, da stand unten 'ne Droschke, und Martin stieg gerade aus, Jonny Stegmann stützte ihn unterm Arm, und ein anderer älterer Junge stand im Wagen und sprach mit dem Kutscher. Frau Hollmann ging aus der Stube über den dunklen Flur die Treppe runter durch den Windfang vor die Haustür. »Martin, da bist du ja, was hab' ich schon auf dich gewartet, was ist denn los?«

»Och gar nichts«, sagte Martin und lächelte matt und verlegen, sah so blass aus, »ich hätte auch ganz gut zu Fuß gehen können. Aber Jan meinte ja ...«

»Ja, ist besser so«, sagte Jan, »er ist 'n bisschen ohnmächtig geworden.«

»Wie kommt das denn?« sagte Frau Hollmann. »Was hast du denn gemacht?«

»Och, erzähl' ich dir alles später, nun lass mich man erst mal ins Haus.«

»Und was hat du für 'ne schreckliche Schramme im Gesicht. Hat dir jemand was getan?« fragte Frau Hollmann und blickte finster-misstrauisch auf Jan.

»Nee, niemand hat mir was getan, im Gegenteil, Mama, das ist Jan Gaetjen.«

»So«, sagte Frau Hollmann, und Jan gab ihr die Hand und verbeugte sich etwas, und dann sagte er: »Tja, dann woll'n wir man gehen, nun kannst du ja alleine fertig werden. Also tjöh, kluger Odysseus. Ach ja, richtig, Frau Hollmann, entschuldigen Sie, wir mussten doch die Droschke nehmen – für Martin – nun hab' ich gar kein Geld.«

»Lina«, sagte Frau Hollmann, »holen Sie mal eben meine Handtasche, sie liegt oben im Zimmer auf 'm Nähtisch, da ist mein Portemonnaie drin.«

Und sie standen auf der Treppe vorm Haus und warteten, die weiche Luft zog um die Straßenlaternen, und es war still auf der Straße, und das Pferd von der Droschke schlug mit dem Huf auf das

Pflaster, rund und schwer standen die Tannen im Vorgarten, und Frau Hollmann sagte: »Was hab' ich für 'ne Angst gehabt, Kind.« – »Nun bin ich ja da, Mami«, sagte Martin, und Jonny Stegmann sagte: »Sie hätten nur mal sehen sollen, wie mutig Martin sich heute benommen hat, als er Drachen-Emil niederboxte.« – »Wer ist das?« fragte Frau Hollmann. »Erzähl' ich dir alles später«, sagte Martin, und dann kam Lina zurück mit der Tasche, und Frau Hollmann holte das Portemonnaie heraus.

»Du könntest mir eigentlich jetzt noch mal was von dir vorlesen«, sagte Minna Runge. Sie hatten Abendbrot gegessen und saßen auf der Terrasse vorm Haus. Vorüber war das Gewitter, gekühlt die Luft, und Christian Runge hatte sich eine dicke schwarze Brasil angesteckt und paffte in den Abend. Auf dem Tisch brannte die Petroleumlampe, und vor Christian Runge stand eine Rotweinflasche und ein gefülltes Glas. Er saß gemütlich in den Korbsessel zurückgelehnt unter dem säulengetragenen Dach der Terrasse, rauchte, trank von dem schweren, süffigen Wein, atmete die kühle reine Luft ein, die vom Wall zu ihm aufdrang und nach Gas und Blumen und Wasser roch, sah über den dunklen Frieden des Wallgrabens und zum Mond auf, der sich immer kühler und strahlender über der Mühle und dem weißen Stadttheater da drüben raufschob, und Christian Runges breite rote Lippen leuchteten.

»Tja, was soll ich dir denn vorlesen?«

»Du hast doch heute was geschrieben, als das Gewitter war.«

»Nee, das passt hier jetzt nicht her, das ist auch noch nicht fertig. Aber warte mal, da hab' ich so 'ne andre Sache.« Er erhob sich langsam und ging in das Zimmer, knipste die Schreibtischlampe an, und Minna sah ihn am Schreibtisch rumkramen. Immer weißer glänzte drüben am Wall der Giebel des Stadttheaters auf, und als Christian Runge mit einer schwarzen Wachstuchkladde zurückkam und sich wieder in den Korbsessel setzte, sagte Minna: »Du, wir müssen uns aber endlich entschließen, ob wir wieder ein Abonnement nehmen wollen für das Stadttheater. Nächste Woche geht es schon los.«

»Ach, ich weiß nicht«, sagte Christian Runge, »immer ›Tannhäuser‹, ›Troubadour‹, ›Mignon‹ und ›Tiefland‹, davon hat man nun genug. Händel und Gluck müssten die spielen und mehr Mozart, dann kriegte man mich vielleicht noch rein. Ach, die haben ja keine Ahnung von der richtigen Oper.«

»Na, nun lies man erst mal«, sagte Minna Runge und legte die Hände zwischen die Knie und beugte sich interessiert vor, sanft dunkelte ihr Schnurrbart auf der Oberlippe, und Christian Runge schlug die Wachstuchkladde auf und sagte: »Ist wieder was Griechisches«, und Minna sagte: »Scheinst jetzt 'n richtigen kleinen Griechenfimmel zu haben«, und Christian nickte und lachte: »Ja, ist komisch«, und dann begann er zu lesen.

»Die Sonne ging auf der anderen Seite der Insel unter, man konnte sie nicht mehr sehen, die waldige Bucht begann sich schon mit brauner Dämmerung zu füllen, da sagte Nausikaa: ›Jetzt kann ich nicht mehr‹, und sie hörten auf mit dem Ball zu spielen und setzten sich auf einen kleinen Grashügel und schauten über den Strand, wo die Wäsche ausgebreitet lag, und zum Meer. Es war sehr schön, zu sehen, wie das Blau des Meeres immer dunkler und dunkler wurde, und sie schwiegen eine lange Zeit, müde und zufrieden, und genossen die Stille und hörten das Rauschen vom Strande. Da fiel Arcis plötzlich ein: ›Ich wollte euch ja noch erzählen, was ich dann zu Leucos sagte‹, und sie erzählte es, und die Mädchen mussten laut loslachen über Arcis' freche Antwort. ›Früher hätte ich so was nicht gesagt‹, sagte Arcis, ›das hab' ich erst von dir gelernt, Nausikaa.‹ – ›Ja, du warst 'ne schöne Landpomeranze‹, sagte Nausikaa, ›mein Gott, wie sahst du damals aus, als du zu uns kamst.‹

Da geschah es plötzlich, dass sich dicht hinter ihnen der Ölbaumbusch raschelnd bewegte, und eine Gestalt trat hervor, die Mädchen schrien hell auf, ein nackter Mann, er hielt sich einen Ölbaumzweig vor den Leib und war ganz schlammbedeckt. Arcis, Armene und Phia liefen ein ganzes Stück fort, und auch Nausikaa sprang auf und wollte weglaufen. Da rief der Mann: ›Bitte, bleiben Sie doch, ich tu Ihnen nichts, ich möchte Sie nur was fragen.‹ Da blieb Nausikaa stehen, drehte sich rum, der Mann sah scheußlich aus und dreckig, aber seine Stimme klang schön, so ernst und traurig und männlich, und Nausikaa sagte: ›Was wollen Sie denn? Was fällt Ihnen ein, so vor uns zu erscheinen, so red' ich nicht mit Ihnen.‹ Da sah Odysseus an seinem Leibe runter und er sagte: ›O Gott, ja, wie seh' ich aus. Ach, ich bin noch ganz im Traume, ja, ich will mich waschen, aber laufen Sie bitte nicht weg.‹

Phia rief von dahinten: ›Prinzessin, kommen Sie doch, lassen Sie doch den unverschämten Menschen einfach stehen.‹

Phia verstand Nausikaa nicht. Man kannte doch zur Genüge diese Geschichten von den unverschämten Faunen, die aus dem Walde hervorbrachen und die jungen Mädchen wegtrugen auf Nimmerwiedersehn.

›Das ist überhaupt gar kein Mensch‹, meinte Armene, ›das ist 'n Meerungeheuer.‹

›Oh, Sie sind eine Prinzessin‹, rief Odysseus, ›dank dir, Athene.‹

›Was hat das denn mit Athene zu tun‹, sagte Nausikaa. ›Die Götter müssen auch für alles herhalten. Nun waschen Sie sich man lieber.‹

›Ja, ja‹, sagte Odysseus. ›Aber nicht weglaufen.‹

›Wenn ich gesagt habe, dass ich nicht weglaufe, dann tue ich es auch nicht.‹

Am Strande, leicht umspült von den ersten Wellen, lag ein mächtiger Felsblock. Hinter diesem Felsblock verschwand Odysseus, und die Mädchen hörten ihn im Wasser herumspritzen und plantschen. Na, der hatte allerlei zu tun, bis er die dicke, harte Dreckkruste runter hatte.

›Ich versteh dich nicht‹, sagte Arcis.

›Man kann doch mal sehen, wie er nun eigentlich aussieht‹, meinte Nausikaa.

›Vielleicht ist das dein Zukünftiger‹, sagte Armene.

›Wer weiß‹, sagte Nausikaa, ›man muss immer auf ihn gefasst sein.‹

> ›Zeus, der ist im Schwane,
> Zeus, der ist im Stier,
> Eh ich es noch ahne,
> Ist Zeus bei mir‹,

sang Phia.

›Lass man‹, sagte Nausikaa, ›seine Stimme klang sehr schön.‹

›Na, ihr könnt ja auf ihn warten, bis ihr schwarz werdet, ich pack unterdessen schon die Wäsche zusammen‹, sagte Arcis. Und sie begann die Tücher und Kleider zusammenzufalten und in den Karren zu legen. Neben dem Karren graste noch immer friedlich und still der kleine graue Maulesel, der ihn hergezogen hatte. Das feuchte Abendgras schmeckte ihm wohl besonders gut.

Athene, die den ganzen Vorgang mit großem Interesse verfolgt hatte, dachte: So, bis hierher hätten wir's geschafft. Nun kommt es nur noch darauf an, dass die kleine Prinzessin ordentlich Feuer fängt, dann wird sie schon für Odysseus sorgen. Aber Odysseus' Aussehen stimmte sie bedenklich. Er hatte in letzter Zeit zu viel Kummer und Strapazen gehabt, das hatte ihn doch etwas mitgenommen. Und immerhin war er doch jetzt schon über die Vierzig. Nein, es ist wohl besser, ich helfe ein wenig nach. Während Odysseus also hinter dem Felsblock im Wasser saß, Seetang in der Hand, um sich damit den Körper abzureiben, trat die Göttin zu ihrem Schützling heran, unsichtbar, und goss ihm frische Kraft und Jugendfülle in die Glieder, härtete ihm die Schenkel, wölbte ihm die Brust vor, straffte Muskeln und Sehnen, formte ihm die Umrisse von Schulter und Hals zu bezaubernden Linienschwüngen, gab seinen Augen Glanz, seiner Stirne Klarheit und Glätte, seinen Lippen Blut und Saftigkeit, seiner Haut weiche, bronzene Bräune.

Aber Nausikaa hatte eine Freundin unter den Strandnymphen, es war Aleppa, der wehende Schaumstreif. Nausikaa ahnte nicht, dass sie diese Freundin hatte, aber Aleppa hatte Nausikaa häufig am Strande belauscht, wenn sie die Wäsche wusch und mit ihren Freundinnen spielte. Und Aleppa hob sich der Göttin entgegen aus der Flut und blickte sie zornig an mit ihren hellen Augen und sagte: ›Du denkst immer nur an Odysseus. Was soll aus Nausikaa werden? Du wirst sie unglücklich machen. Nie wird sie von Odysseus loskommen, wenn du ihn so schön machst, und er muss doch zurück nach Ithaka, sie warten ja alle auf ihn. Oder willst du, dass er hier bleibt bei Nausikaa? Aber das geht doch nicht.‹ – ›Odysseus wird zurückkehren nach Ithaka‹, sagte Athene hart, ›und Nausikaa wird ihm dabei helfen.‹ – ›Ja, und du wirst ihr das Herz brechen.‹ – ›Sie wird's schon überstehen‹, sagte Athene.

Klagend sank Aleppa zurück, und Odysseus trat hinter dem Felsblock hervor, wieder den Ölbaumzweig schützend vorm Leibe, und seine Glieder schimmerten sanft und machtvoll in der dämmrigen Abendluft. Da wurden die Mädchen ganz stille, und sie saßen da auf dem Hügel und blickten ihn an. Odysseus trat näher und sagte: ›Da bin ich also‹, und er sah Nausikaas große ängstliche Augen. Er fühlte wohl, warum sie so guckte auf seine Brust, auf seine Schenkel, auf seinen Mund.

›Wer sind Sie?‹, sagte Nausikaa.

›Odysseus‹, sagte er.

›Oh‹, rief sie, ›wie kommen Sie hierher? Sind Sie denn noch immer nicht zu Hause?‹

›Nein, seit Troja bin ich noch nicht zu Hause gewesen. Poseidon verfolgt mich. Aber das ist eine lange, lange Geschichte, und ich bin müde. Können Sie mir helfen? Wie heißt diese Insel? Wie heißen Sie, was sind Sie für eine Prinzessin?‹

›Dies ist die Insel Scheria, hier wohnen die Phäaken, und mein Vater Alkinoos ist der König.‹

›Und wie heißen Sie?‹

›Nausikaa.‹

›Nausikaa.‹ Sie blickten sich an, und dann sagte er: ›O bitte, bringen Sie mich zu Ihrem Vater, helfen Sie mir, dass ich nach Hause komme, ich muss ja nach Haus.‹

›Ja, ich will Ihnen helfen, wenn ich's kann‹, sagte Nausikaa – wo war nun ihre Keckheit, wo ihr Witz? – Und Phia musste das schönste Kleid bringen, das im Karren lag, weißes Tuch mit rotumränderter Borte, und Odysseus legte es um die glänzenden Glieder, und sie machten sich auf den Heimweg.

Phia, Arcis und Armene gingen mit dem Eselskarren, in dem sich hoch die weiße Wäsche türmte, voran, und Nausikaa und Odysseus folgten in einigem Abstand nach. Und Phia hatte die Eselsleine in der Hand und die Peitsche, und sie sang leise und mit hoher Stimme:

> ›Zeus, der ist im Schwane,
> Zeus, der ist im Stier,
> Eh ich es noch ahne,
> Ist Zeus bei mir.‹

Und dann fiel Armene ein in dunklerem Ton:

> ›Aber nur für Stunden
> Blieb er mir verbunden,
> Schon bluten Herzenswunden,
> Ist nicht mehr hier.‹«

»Schön«, sagte Minna Runge, »man muss 'n bisschen lachen dabei, aber es ist doch auch traurig. Natürlich geht das Ganze schief aus.«

»Wenn du das man merkst«, sagte Christian Runge.

Die Großmutter trat leise an die Kammertür und hielt ihren Kopf hin, um zu horchen, und vom Flurfenster her fiel der Mondschein in ihr Gesicht mit der großen Adlernase. Die Kammertür war nur angelehnt, und so konnte sie hören, wie Martin gerade sagte: »Weißt du, wie er dann wirklich in meinen Arm schnitt und das Blut floss heraus in den Becher, da konnt' ich nicht mehr, da bin ich einfach hingefallen – ohnmächtig.«

»Grässliche Jungens«, sagte Frau Hollmann, »und ich pass nicht auf und lass dich einfach zu diesen rüden Bengels laufen. Dich auf diesen Drachen-Emil zu hetzen.«

»Das stimmt ja gar nicht, Mama, ich bin ja freiwillig auf Drachen-Emil losgegangen, ich wollt' doch so gern in die Bande.«

»Ja, aber mit 'm Messer in 'n Arm schneiden«, sagte Frau Hollmann.

»Das ist doch alles gar nicht so schlimm«, sagte Martin. »Und nun bin ich doch in der Bande, das sind alles meine Freunde, ich war doch so allein, und Jan hat mich sogar nach Hause gefahren in 'ner Droschke.«

»Magst du den denn so gern, diesen Jan?«

»Hm, furchtbar gern, der ist prima.«

»Ich versteh' das alles nicht«, sagte Frau Hollmann, »das sind doch Rowdies.«

»Nee, Mami, das sind alles feine Kerls.«

»Na, wenn's dir man Spaß macht«, sagte Frau Hollmann. »Aber du musst dich mehr in acht nehmen, hatte ja so 'ne Angst.«

»Und Pips hatte 'ne richtige Rotweinflasche von zu Hause«, sagte Martin, vor sich hin lachend.

»Was ihr für 'n Unsinn macht«, sagte Frau Hollmann, »aber man gut, dass du wieder da bist. Nun guck doch bloß mal diese Schramme auf 'm Gesicht.«

»Schad't doch nichts.«

»Gott, mein Junge, wenn dir nun auch noch was passiert wäre.«

»Ach was.«

»Ja, ich bin keine gute Mutter – hast du mich denn noch etwas lieb? Deine alte Rabenmutter?«

Und dann war es 'n Augenblick still, die Großmutter hörte ein Rascheln. Ob Martin sich jetzt wohl im Bett aufgerichtet hatte, um seine Mutter zu umarmen? Sie hörte Küsse, sie hörte ein leises Aufschluchzen, und dann sagte Frau Hollmann: »Mein lieber Junge, ach, es ist ja auch so schwer für mich, aber ich muss mich damit abfinden, ich weiß es ja, und ich hab' ja auch noch dich.«

Und dann war es wieder eine Zeit lang still, und Martin sagte auf einmal zaghaft: »Du, und nicht immer mehr dies Schwarz.«

»Nein, nein«, sagte Frau Hollmann, »morgen will ich nun mein rotes Kleid anziehen, dann wird sich auch Oma freuen.«

Ja, die Oma freute sich, als sie dies Gespräch hörte, und aufatmend trat sie von der Tür zurück. Aber als sie auf den monderhellten Flur ging und in die Stube wollte, da fühlte sie wieder diesen scharfen Schmerz in der Magengegend. Ob sie Luise doch mal davon erzählen sollte, ob sie doch mal zum Arzt gehen sollte? Ach, sie fühlte ja, das war eine schlimme Sache, lieber noch nichts sagen und warten, ob es nicht doch noch wegging. Sie trat zum Garderobenständer, der im Flur stand, und in dem ein Spiegel war, und durch das Flurfenster fiel das helle Mondlicht in den Spiegel, und sie betrachtete ihr bleiches, abgemagertes Gesicht, aus dem die Nase immer schärfer hervortrat, und sah in den Augen dies dunkle gespenstische Drohen, und das Mondlicht fiel auf die große runde Rubinbrosche, die sie am Halse trug auf dem schwarzen Kragen mit der Spitzenrüsche, und die Rubinen glühten blutigdunkel im Mondenschein.

Als Willi, der Oberkellner, in die Küche zurückkam, war der Stuhl, auf dem sie eben noch gesessen hatte, leer, und die Köchin und Susi gingen erregt auf ihn zu: »Herr Dirksen ist gekommen und hat sie geholt, nun sagt er es ihr. Willi, ist das nicht schrecklich? Sie hat dagesessen und kein Wort gesagt. Kinder nochmal, wer hätte das gedacht.«

»Die ordentliche Frau, und das muss ihr nun passieren«, sagte Willi. Und Susi fing plötzlich an zu heulen: »Sie tut mir ja so leid. Man kann das ja gar nicht verstehen.« – »Still, sie kommt«, sagte die Köchin. Und sie machten sich schnell an die Arbeit, die Köchin begann wie wild an einem Aluminiumtopf zu putzen, und man hörte die Bürste auf dem Topf kratzen, und Susi stand am Aufwaschbrett und die Tassen klirrten. »Was hat er gesagt?« fragte Willi und sah sie angstvoll an mit seinen braunen Affenaugen. »Ach nichts«, sagte Frau Metzler, »soll erst mal wegbleiben, ich bleib schon weg«, und dann ging sie zu dem Garderobenschrank, der in die Wand eingebaut war, und öffnete ihn und nahm ihren schwarzen Strohhut heraus mit den Kirschen drauf und ihren alten dunklen Mantel, und Willi half ihr beim Anziehen, »danke«, und dann wollte sie rausgehen, wandte sich noch mal in der Tür um: »Nacht«, und da drehten sich Susi und die Köchin hastig zu ihr hin, nickten heftig und verbeugten sich, »tjöh, Frau Metzler«, und die Köchin trat auf einmal auf sie zu, druckste so rum, hielt ihr zaghaft die Hand hin: »Frau Metzler, kommen Sie nun nicht wieder? Kommen Sie man wieder«, und Susi sagte: »Ja, Sie müssen wiederkommen. Das ist Herrn Dirksen doch recht, das muss ihm doch recht sein.« Aber Frau Metzler hob nicht die Hand und gab sie ihnen nicht und sagte nur: »Mal sehen – weiß nicht«, und ging fort, ging durch die Tische vorm Schweizerhaus, wo nur noch wenige Gäste saßen, und die Musiker steckten gerade ihre Trompeten in die schwarzen Wachstuchhüllen, und das Licht ging aus in dem Pavillon, und auch die Lampen zwischen den Kastanien erloschen eine nach der andern, und der Mond schien auf Tische und Stühle und auf die glatte Fläche des Viktoriasees, und zwei Kellner standen da und sahen, wie Frau Metzler durch die Tische ging, und wie Willi ihr nachlief. »Ich rede mit ihm, er muss dich behalten. Das ist doch gar nicht deine Schuld, sollst mal sehen, den krieg ich schon rum.« Aber da drehte sich Frau Metzler zu ihm hin: »Das ist doch alles ei-einerlei, Willi. Nun lass mich man, nun lass mich man in Ruh.« Und da ließ Willi sie gehen, sie ging ein Stück am Ufer des Sees entlang im klaren Mondlicht, und dann bog sie in den Bürgerpark ein und tauchte unter ins Dunkel.

Kaserne. Stube des Leutnants Charisius im matten Lampenlicht, und am Fenster steht Leutnant Charisius, und auf der einen Seite neben ihm steht Henry Olfers und auf der andern Jan Gaetjen.

Und sie reden leise und langsam, und da unten liegt kahl und eckig der Kasernenhof im hellen Mondlicht, und der Sandboden schimmert grau, und das hohe Eisengitter um den Kasernenhof glänzt kalt, und dahinter liegt die Straße mit den hohen dunklen Häusern, und sie hören den schweren Schritt der Wache vorm Tor. Scharf und weißhell, brennend-still steht der Mond oben am Himmel und durchdringt ihn mit seinem Licht, hat alle Wolken und Trübungen längst weggefressen, weggebrannt mit seinem Glanz. Gleichmäßig-klar, metallen wölbt sich das Rund.

»Der ist es also gewesen«, sagte Leutnant Charisius.

»Hast du ihn gekannt?« fragte Henry Olfers.

»Nein, und auf den wär' ich nie gekommen. Sie hat mir mal von ihm erzählt, ich entsinn' mich wohl. 'ne Jugendfreundschaft. Aber dann soll er sich sehr verändert haben.«

»War Organist an der Ägidienkirche«, sagte Henry.

»Ja«, sagte Leutnant Charisius und blickte scharf in den kalten, strahlenden Mond und auf das öde Geviert des Kasernenhofes, »das mochte sie eben alles nicht mehr, die Musik und dies Schwelgen, dies Dicke und Schwere, den satten Genuss, hat ja auch eines Tages ihr Klavier zugeklappt und nie mehr gespielt. Wollte ins Kühle und Klare. Darin waren wir uns ja so einig.«

»Ja, aber Trude sagte, sie habe ihn sehr getrietzt, ob das wohl stimmen kann?«

»Kann schon sein«, sagte Leutnant Charisius, »sie konnte schon streng sein und hart, deine Schwester, angenehm war sie nicht, das weißt du ja auch, aber es war alles nur um der Klarheit willen.«

»Streng und hart«, dachte Henry. Und er sah seine Schwester liegen im Sarge, und das elektrische Licht fiel auf sie hin, auf ihr starres, gepresstes Gesicht, und ihr rabenschwarzes Haar war zur altertümlichen Frisur gescheitelt, wie sie sie nie im Leben getragen hatte. Da fröstelte es ihn auf einmal in dem scharfen Mondenschein, und er sagte: »Möcht' nun wohl nach Haus. Bin ja so müde.«

»Entschuldige, Henry«, sagte Jan, »wenn ich noch nicht mitgehe. Ich möchte Leutnant Charisius noch gern was sagen.«

»Schad't ja nichts, Jan, aber ich will man gehen. Morgen kommt auch noch 'n anstrengender Tag. Wenn das man erst vorüber wäre.«

»Ja, diese Grabreden«, sagte Leutnant Charisius.

Auch Minna Runge sagte: »Nun muss ich aber ins Bett. Morgen haben wir Waschtag, da gibt es viel zu tun.« Und als sie schon in der Balkontür stand, sagte Christian Runge: »Du, Minna, ich hab' mir übrigens heute einen Ruck gegeben und diesen Organisten von der Ägidienkirche nun doch mal angequatscht. Hab' ihn zu Donnerstag eingeladen.«

»Und meinst du, dass er kommt?«

»Weiß nicht«, sagte Christian Runge, »sehr erbaut schien er nicht davon zu sein. Machte 'n ziemlich brummigen Eindruck. Aber gespielt hat der Bursche heute wieder, ich kann dir sagen, fabelhaft – direkt unheimlich.«

»Na, woll'n mal abwarten. Unser Harmonium ist auf alle Fälle vorgestern repariert. Also gute Nacht.«

»Nacht.«

Schattenhaft glitt Minna Runge hinweg. Christian saß nun allein auf der Terrasse im gelben Schein der Petroleumlampe und sog an seiner schwarzen Brasil und schlürfte aus dem Rotweinglas und sann über die Nachtlandschaft hin, über Gärten, Wallgraben, Baummassen und Mühle, die im Mondlicht glänzten, sah auf zu dem klaren, weißstrahlenden Mond, der sich immer höher über den schweren Wallgraben weghob.

Kamerun, Kamerun – und Leutnant Charisius sagte: »Jan, das geht doch gar nicht. Wie stellst du dir das denn vor?«

»Im November werd' ich doch schon sechzehn, da kann ich doch mitgehen.«

»Ja, aber deine Eltern und die Schule.«

»Ist mir doch egal. Da kneif' ich einfach aus. Hauptsache, dass Sie mir helfen. Die Überfahrt mit 'm Schiff, wissen Sie – aber ich kann ja auch als Schiffsjunge fahren. Und später, dann nehmen Sie mich in Ihre Kompanie.«

»Junge, das ist doch Wahnsinn. Möchtest du hier denn so gerne weg?«

»Will kein Kaufmann werden«, sagte Jan finster, sah auf die mondhelle Fensterbank, strich mit seinem Finger darüber hin. »Will überhaupt nicht so werden, wie die da waren.« Trotzig hatte er die Unterlippe vorgeschoben, hart und rund meißelte das Mondlicht seinen kurzgeschorenen Kopf heraus. Klar und öde glänzte da unten der Kasernenhof. Laut hallte der Schritt des Wachtpostens vom Tor.

»Und deine Freunde«, sagte Leutnant Charisius, »die Peliden?«

»Müssen eben sehen, wie sie fertig werden.«

»Die werden doch gar nicht ohne dich fertig.«

»Och, Quatsch«, sagte Jan. Aber schon sah er das Fackellicht über die Eisenplatten des Schiffsrumpfs flackern in Lührssens Werft, und der kleine Martin Hollmann stand vor ihm, so blass und mit so glänzenden begeisterten Augen, und die Bande sang:

> Treue, Treue woll'n wir halten
> Unserm Bruder bis zum Tod ...

»Das ist mit mir doch ganz was anderes«, sagte Leutnant Charisius, »'ne ganz verkorkste Sache. Gerade als du vorhin kamst mit Henry, will ich dir mal gestehen, da musst' ich denken, ob ich die Reise nach Kamerun nicht etwas radikaler machen sollte. So richtig nach Kamerun, weißt du.« Er lachte kurz auf: »Kamerun – klingt das nicht verteufelt nach Kammer und Ruhn?« Und er fasste Jan am Arm und zog ihn mit zu seinem Nachttisch neben dem Bett und riss die Schublade auf: »Da liegt er ja, der Schlüssel für Kamerun.«

»Nein«, rief Jan empört, »Leutnant Charisius, das dürfen Sie nicht.«

»Tu's ja auch nicht, mein Junge. Hatte verdammte Lust. Wär' feige gewesen. Aber wie ich sie da heute so liegen sah, und die Blumen dufteten, und sie war so wahnsinnig still, da glaubt' ich 'n Geflüster zu hören: nach Kamerun – dies ist doch Kamerun – da willst du doch hin.«

»Versteh' ich nicht«, sagte Jan.

»Kannst du auch noch nicht verstehen. Gott sei Dank. Nein, nein, ich fahr' brav mit dem Dampfer nach Afrika, keine Sorge, und bleib' bei meinen Negern und Schlangen und Löwen. Aber sieh mal, das hast du doch nicht nötig, bei dir fängt doch erst alles an, bleib du man erst mal hier und sieh zu, ob ihr's nicht anders machen könnt, du und deine Freunde.«

»Meinen Sie wirklich?«

»Klar doch. Ich gehör' ja zum alten Eisen, das rechnet ja nicht mehr mit.«

»Das ist doch nicht wahr, Leutnant Charisius.«

»Nein, nein, lass man gut sein. Ich hab' meinen Knacks weg. Aber du, Jan, du –«

»Aber wenn es später gar nicht geht«, sagte Jan.

»Meinetwegen, dann kannst du ja noch immer zu mir kommen – nach Kamerun.«

Und dann standen sie wieder am Fenster, nachdenklich und stumm. Laut hallte der Schritt der Wache vom Tor, und der kahle Kasernenhof glänzte klar und scharf im Mondenschein.

Und immer steiler stieg der Mond über die Stadt empor und spann sie ein in seinen Glanz. Ein Gewitter war an diesem Nachmittag über die Stadt dahingetobt mit Rauschen und Krachen und dumpfem Rumoren, aber das war nun längst vorbei und vergessen, stille war es und tiefe Nacht, ausgekühlt und strahlend der Raum, alle Nebel und Dünste, die aus der feuchten Erde gestiegen waren, hatte der Mond weggebrannt mit seinem Glanz, und in Klarheit leuchteten Dächer, Bäume, Schiffsmasten und Werftgerüste.

Still war es, friedevoll-kühl, und nur noch wenige wachten jetzt wohl. Da saß noch Frau Hollmann in der Kammer an dem Bette des kleinen Martin, und Martin war eingeschlafen, todmüde und tief zufrieden von den Erlebnissen des Tages, und sie hörte seine ruhigen Atemzüge und sog erleichtert die frische, würzige Luft in sich ein, die durch das offene Fenster aus dem alten Garten zu ihr heraufdrang. Da saß noch der Dichter Christian Runge auf der Terrasse unter dem säulengetragenen Dach, rauchend, trinkend, träumend, und spann die Geschichte weiter von Odysseus und Nausikaa. Da standen noch immer am Fenster der Kaserne Jan und Leutnant Charisius – Kamerun, Kamerun.

Und das Mondlicht floss in den Ägidienfriedhof auf Gräber und Kreuze und glatte Basaltsteine und in das leere offene Grab, das der Großvater an diesem Tage geschaufelt hatte.

Und der große Schwan auf dem Wallgraben, der sich heute in dem Gewitteraufruhr wild und flügelschlagend hochgereckt hatte, schreiend, wie still lag er nun auf dem schwarzen, glatten Wasser, den Kopf unterm Flügel, und sein Gefieder strahlte durch die Nacht.

Ruhe, Schlaf und Traum.

Und der Mond hob sein Antlitz immer höher über die Stadt hinaus, und die Stadt wurde kleiner und ferner, eng zusammengedrängt lag sie nun am Fluss in dem weiten Wiesengrund, und der Mond drehte sein Antlitz weg von der schlafenden Stadt, sah hin über Wiesen, Werften und Bauernhäuser, die hinter den Deichen lagen, sah hinunter den Fluss, der breiter und breiter wurde, und da, an seiner Mündung, in der Nähe der Küste, da fuhr ein Dampfer hin auf silbernen Bahnen, das war die Tosca, und Alberto stand vorne am Bug, und die frische erste Seebrise fuhr ihm in die Locken und ins Hemd, und er streckte den Kopf vor, gierig schnuppernd: das Meer, das Meer. Vergessen nun die dumpfe enge Stadt, vergessen Dora da auf dem Friedhof zwischen den Gräbern – Genua, Neapel, Konstantinopel.

Und dann stand der Mond überm Meer.

Und im Kühlen, Klaren, Strahlenden segelte ein Ballon dahin, weit, weit draußen auf dem Meer, hoch über dem silberstillen Spiegel, und die Gondel hing ruhig, und die Ballonkugel glänzte, und in der Gondel stand Herr Gyldenlöv mit seiner Tochter Tine und dem Ballonführer. Sie hatten eine Wette gemacht mit Herrn Thorsten, dass sie den Mut hätten, mit einem Ballon von Deutschland nach Dänemark zu segeln, und am Nachmittag waren sie von Osnabrück aufgestiegen, und nun segelten sie schon nahe der dänischen Küste, und der Ballonführer hatte das Fernglas vor den Augen und sah schon die Leuchtfeuer aufblinken.

»Papa, nun kommen wir doch noch zurück in die Fredericiagate. Hättest du das geglaubt?«

»Nein, mein Kind. Aber weißt du, – das andere, – das wäre vielleicht auch ganz schön gewesen.«

»Was meinst du?«

»Nun, so im Gewittersturm zu vergehen, zu verlöschen, hinzusinken ins Meer, ins All.«

»Na, Papa, ich weiß doch nicht – übrigens bin ich heilfroh, dass ich mir zwei Mäntel mitgenommen habe.«

»Klapp dir doch noch deinen Kragen hoch.«

»Armer Papa, so ohne Mütze. Wo die jetzt wohl schwimmen mag.«

»Thorsted wird Augen machen, wenn er uns sieht. Der glaubt doch nicht, dass wir durch so 'n Gewitter heil durchgekommen sind.«

»Der Leuchtturm von Fanö«, sagte der Ballonführer und gab Herrn Gyldenlöv das Glas.

Zu Straßburg auf der Schanz

Am späten Nachmittag kam der Reiter an den Rand des Waldes, und er sah unter sich ein Tal liegen, das schwamm im milden Spätlicht, und das Tal öffnete sich weit und mit sanften Hängen zur Ebene hin, und die Ebene breitete sich in goldenem Dufte vor ihm aus. Ein kleiner Fluss mit braunem Wasser floss durch das Tal in die Ebene hinaus, und eine steinerne Brücke wölbte sich über den Fluss, und an seinem Ufer, in der Nähe der Brücke, lag eine alte hölzerne baufällige Mühle und wenige ärmliche strohgedeckte Hütten, ein paar breite Fischkutter lagen still mit gefalteten Segeln am Ufer, die braunen Flügel der Mühle standen auch still in der blauen Luft, am Mühlenteich saß ein Junge und angelte, Schwäne schwammen auf dem Mühlenteich, und der Nachmittagsschein lag golden auf der steinernen Brücke und dem Mühlenflügel und den herbstlichen Bäumen und Büschen. Hellblau und klar stand der Himmel über dem weiten Tal, gereinigt und erfrischt durch ein abziehendes Gewitter, mit langen silbergrauen Wolkenstreifen, und dort, wo der Himmel am hellsten war und am durchsichtigsten, auf der letzten Bergspitze, stand eine Burgruine dunkelklar vorm kühlen Blau.

Der Reiter ritt langsam in das Tal hinunter, er hatte einen roten Mantel und einen großen schwarzen Hut, und ritt über die Brücke und auf die Mühle zu. Die Tür zur Mühle stand offen, der Reiter klopfte an die offene Tür, und als niemand sich meldete, trat er in einen kleinen Flur. Drei Türen gingen von dem Flur ab, an alle drei klopfte er, aber auch hier erschien niemand, da öffnete er vorsichtig die eine Tür und trat in die Stube. In der Stube war eine sanfte goldene Dämmerung, und mitten in der Stube stand ein schwarzer Sarg, und darin lag ein junges Mädchen im weißen Hemd, wachsbleich und mit gefalteten Händen und schön gescheiteltem rabenschwarzem Haar. Unter die gefalteten Hände hatte man ihr einen dicken Strauß glühender Spätsommerblumen geschoben, Dahlien, Georginen, Astern und Rosen, und die dufteten süß und krank durchs Zimmer, und die Züge des jungen Mädchens waren so klar und friedlich und ernst, dass der Soldat stehenbleiben musste und seinen Hut abnahm und sie anschaute, eine lange Zeit. Da fühlte er plötzlich, dass jemand hinter ihm stand in der offenen Tür, er wandte sich um, da stand ein älterer Mann im dunklen Feiertagsrock mit rundem blassem Gesicht. Der Soldat bat um Verzeihung, dass er einfach in die Wohnung gegangen war, er habe sich erkundigen wollen, in welcher Gegend er sich hier befinde, er sei von seinem Wege abgekommen. Leise nur wagte er zu sprechen in Gegenwart der Toten, und der Müller winkte ihm, mitzukommen, und sie gingen in die Küche. Hier bekam der Soldat ein Stück kaltes Fleisch und Kaffee und Brot, und während er am Tisch saß und aß, gab ihm der Müller Auskunft über Gegend und Weg. Erstaunt war der Müller, dass in nicht allzu weiter Ferne eine so große Schlacht stattgefunden habe, nichts hatten sie hier davon gemerkt. »Herzog Johanns Heer ist geschlagen«, sagte der Soldat, »und in alle Winde zerstreut. Nun will ich nach Hause, nach Utrecht, lange, lange bin ich fortgewesen, Vater und Mutter sind inzwischen gestorben, nun will ich wenigstens ihr Grab besuchen.« – »Auch wir wollen nach Utrecht, der Adrian und ich«, sagte der Müller, »wir wollen den Sarg den Fluss abwärts fahren, in Utrecht, wo alle meine Vorfahren auf dem Friedhof ruhen, soll auch meine Tochter begraben sein. Wenn Ihr mir eine Freundlichkeit erweisen wollt, so helft mir, den Sarg in das Schiff zu schaffen. Dann brauche ich nicht den Adrian um diesen Dienst zu bitten; er hat schon viel zu tragen, und diese Last würde ihm vielleicht allzu schwer auf die Schulter drücken – macht er sich doch im Stillen bittere Vorwürfe, dass er stets so lange von seiner Braut fortgeblieben ist, es zog ihn mächtig hin zum Meer, und er ließ sie viel allein und zögerte die Hochzeit immer wieder hinaus, konnte sich auch nicht entschließen, an Land zu bleiben bei mir hier in der Mühle, hätte ihn ja so gut brauchen können, und nun fürchtet er wohl, sie sei am Warten erkrankt; gebe Gott, dass er unrecht hat.«

Dann ging der Müller mit dem Soldaten zurück in die Stube. Die letzte Abendröte lag auf dem Gesicht der Toten und durchblutete es mit scheinhaftem Leben, und es war, als wenn sie gleich aufwachen müsste und dem Sarg entsteigen. Der Müller stand lange da und schaute sie an, es war still, und die Blumen dufteten immer stärker, süßer und ziehender, und um den Mund der Toten war ein bitteres zehrendes Lächeln, und draußen begann auf einmal eine Trompete zu erschallen in dem stillen Abendtal: »Zu Straßburg auf der Schanz, da ging mein Trauern an« – scharf und langgezogen, grässlich klar und wehmütig. Und dann verblasste die Abendröte auf dem Angesichte der Toten, die Sonne war hinter dem Berge untergegangen, im grauen Dämmer lag die Stube, und das Totenantlitz begann weiß daraus hervorzuglimmen. Da trat der Müller an den Sarg heran und schloss den Deckel leise und legte die Eisenriegel vor, und dann hoben sie den Sarg auf die Schulter und trugen ihn aus der Stube und aus der Haustür und durch den kleinen Garten, der um die Mühle war und wo dichtgedrängt die Blumen blühten, Dahlien, Astern, Georginen, Rosen, die das Mädchen in Händen gehalten hatte, das Pferd des Reiters stand noch immer festgebunden am Zaun und sah ruhig mit seinen runden braunen Augen zu seinem Herrn hinüber, der Junge saß angelnd am Mühlenteich, und das Gefieder der Schwäne schimmerte weich in der sanften Luft, und die Trompete spielte: »Zu Straßburg auf der Schanz ...« So trugen sie den Sarg über den Steg auf den breiten alten Fischkutter.

Adrian, der junge Fischer, stand unbeweglich am Mast und blickte mit seinen scharfen grauen Augen auf den herannahenden Sarg, als wollte er seine schwarzen Wände durchdringen, mager und verwittert war sein Gesicht und knochig-hager seine Gestalt, und sagte nur: »Nun hast du ihn schon zugemacht«, und wischte sich mit der harten Hand über die Nase und schielte dabei misstrauisch auf den Soldaten. »Ja, ja, lass man gut sein«, sagte der Müller und erklärte ihm kurz, wie es gekommen sei, dass der Soldat ihm beim Tragen geholfen habe. Sie stellten den Sarg aufs Hinterdeck, und Adrian legte eine graue Persenning darüber und band den Sarg mit Tauen an den Wanten fest. Aber auf einmal richtete er sich auf und hob drohend die Faust und sagte mit schneidender Stimme: »O wenn doch bloß diese verfluchte Trompete still sein wollte.« Aber die Trompete schallte fort, weit hallend durchs Tal, und Adrian zog das braune Segel hoch und machte das Boot klar zur Fahrt. Da verabschiedete sich der Soldat von den beiden und ging an Land und trat auf die alte steinerne Brücke, die sich über den Fluss wölbte. Ein stiller Wind wehte und blähte sanft das braune Segel, und der dunkle schwere Kahn glitt langsam den Fluss hinunter. Der Müller winkte noch einmal mit seinem schwarzen Hut, dann stieg er zur Kajüte hinab, und Adrian saß allein am Steuer, und vor ihm unter der grauen Persenning stand der Sarg mit dem jungen Mädchen. »Auf Wiedersehen in Utrecht«, rief ihnen der Soldat flüsternd nach, »in Utrecht auf dem Friedhof.« Allmählich verschwand das Boot im Abenddämmer, Schatten und feuchte Nebel füllten das Tal, nur die Ruine da oben ragte noch dunkelklar im letzten Licht. Da ging der Soldat zurück zu seinem Pferd und stieg auf und ritt weiter, den Fluss entlang, der Ebene zu. Und lange noch klang ihm im Rücken der schneidende Ton der Trompete.

Das dunkle Boot

Im purpurnen Norden das Land. Auf den Wiesen das braune Vieh mit den schwappenden Eutern. Und die Mühlen, und das Moor, und die schwarzen Segel der Torfboote, sanft gebläht.

Im September aber ist die dunkle Fülle gewaltig. Dahlien, Astern, Georginen, prunkend in den Gärten vorm Haus, satter Klang der Kirchturmglocke ins Dorf, milde und gelb der Schein der Sonne in die kalkweiße Kirche, streifend den Altar mit der roten Decke und der dicken Bibel, und der Küster sitzt an der Orgel, und es summt das geistliche Lied.

Der lungenkranke Lehrer hängt an die gelbe Wand den knisternden Immortellenkranz, und dann sitzt er nieder am braunen Klavier und spielt Walzer von Chopin und Schubert. Die Kinder hören's auf dem Friedhof, bleiben einen Augenblick stehn – Summen der Orgel, Walzerklänge – und dann springen sie wieder hin zwischen den Gräbern im hohen Gras.

Die alten verrosteten Kreuze, schief angelehnt an die Friedhofsmauer, und die Kränze auf dem frischen Grab, halb verfault schon in der brütenden Sonne, und die Bienen, saugend an den Blüten den Todesseim. Das Schwarzbrot, eingebrockt in die dicke Milch, die Brummer über Schinken und Wurst in der Speisekammer, der Fleischerhund, die große gefleckte Dogge, die das rote Stück Fleisch zerreißt, das Philipp, der Schlachtergeselle, ihr zuwirft, und der Mond, weich und groß überm Apfelgarten, die Küsse, das Umfassen, der Erntewagen, der am Abend langsam einfährt, Heuduft, und die Purpurträume in der schwülen Kammer, der sanfte Schein der Lampe in der dickbeblätterten Laube – September, so voll im Leben, so nah am Tod.

Und die Jungens, die am Abend in der Wumme baden, ihr Lustgekreisch über die Wiesen, wenn der Nebel schon beginnt zu steigen, das Unterducken, das Plantschen, die Ua-Rufe, und dann still hintreiben im Weichen, im Flüssig-Kühlen, auf dem Rücken liegend, die weißen Leiber im moorigen Wasser, das träg hinfließt unter Weiden. –

Der Augenblick dann, wenn aus Baumdämmer Jan und Didi, die Stärksten, die Wildesten, hervorsprengen auf Ackergäulen, bewundert von den Jungens und gefürchtet, und ihr Zeug abwerfen, einen Klaps auf den klobigen Ackergaulhintern und hinein in die Wumme, platsch,

platsch, platsch. Abkühlen die Pferdeleiber, rauchend, harte Knie gepresst in die Flanken, vorwärts Liese, hü Max, und rauschend das Wasser am Pferdehals, glotzend die Augen … Und dann wieder raus und gestampft über Wiesen, wo Nebel weich steigen, Luft weich zieht um breite Schultern, triefende Haare, lachenden Mund.

Zur selben Stunde aber ziehen die Mädchen, die kleinen, durchs dämmernde Dorf, in der Hand die bunte Papierlaterne, rötlich leuchtend, und singen:

> Laterne, Laterne,
> Sonne, Mond und Sterne.
> Brenn auf, mein Licht,
> Brenn auf, mein Licht,
> Aber nur meine liebe Laterne nicht.
> Laterne, Laterne ...

Während aber der Pfarrer die Predigt memoriert für den nächsten Sonntag und dabei auf und ab geht in der engen Stube, bereitet Hein Öltjen alles vor zur Abfahrt. Hochaufgeschichtet lagert der Torf am Deich, hat getrocknet den ganzen Sommer, nun trägt er ihn ins Boot, und als es genug ist, legt er die braune Persenning darüber, zieht hoch das kaffeebraune Segel, sein Weib reicht ihm den Proviant, in ein Tuch gewickelt, und still gleitet das teerschwarze Boot in die Wiesen. Hein raucht die Pfeife und hält das Steuer und wird die ganze Nacht durchfahren und am Morgen in der großen Stadt ankommen und seinen Torf abliefern beim Kaufmann.

Aber die Freude, wenn die Kirchweih da ist, die dunkle Lust, die das Dorf durchflutet, wenn die grünen und gelben und roten Wagen ankommen aus allen Himmelsrichtungen, und auf dem Ulmenplatz vor Meyerdiercks Gasthof Buden entstehen und Karussells und die russische Schaukel, und wenn am Abend dann endlich Orgeln hämmern, Bratwürste duften und Schmalzkuchen, und Lampenkugeln unter Ulmkronen verheißungsvoll schimmern – oh, dann ist's der Gipfel des Jahres. Und die Mädchen holen die besten Kleider aus den breiten Schränken, und die jungen Männer ahnen die Wonne der warmen Nächte, wollen versinken im Strom des Genusses, gehen suchend zum Platz der Freude.

Auch der Schulmeister geht, der lungenkranke, am Arme die Braut, Öltjens Hanna, die Tochter Hein Öltjens, des Torfbauern, der mit dem Boote gefahren ist zur Stadt. Und sie gehn durch das dichte Gedränge, grüßen hierhin und grüßen dorthin, aber der Lehrer darf nichts mitmachen, darf keine Wurst essen und keinen Berliner und darf auch nicht auf die russische Schaukel. Und da beißt Hanna allein in die Bratwurst, geht allein in die russische Schaukel, denn sie hat saftige rote Lippen und Brüste und Blut und glänzende Augen, die nach Sättigung dürsten – aber es bleibt nur das halbe Vergnügen. Und sie sagt: »Du amüsierst dich ja gar nicht.« Und er hustet und sagt: »Doch, ist ganz nett hier.«

Und dann kommen sie vor eine rote Bude, und ein Mann ruft durchs Rohr: »Philipp, der Schlachtergeselle, hat Nuno, den Negerriesen, zum Ringkampf herausgefordert, kommen Sie rein und sehn sich das an.« Und plötzlich will Hanna rein in die Bude, sie kennt ja Philipp aus dem Schlachterladen, seine Arme, vom Tierblut besprenkelt, und die Kraft seines Nackens, und da gibt der Schulmeister nach, und schon sitzen sie drin auf der Holzbank und schaun auf den erhöhten Ringplatz.

Und wirklich, wie nichts biegt Philipp zu Boden den riesigen seidenhäutigen Neger, er ist wahrhaftig ein toller Bursche, hält ihn fest in der Klammer und lacht dabei freundlich, und der Neger macht ein blödes Gesicht und verdreht die Augen, dass das Weiße leuchtet aus dem schwarzen Gesicht, und die Zuschauer grölen, und sie hängen Philipp einen dicken Lorbeerkranz um den stämmigen Nacken, und Philipp hebt den Siegerarm und schaut dabei plötzlich auf Hanna. Später aber im Zelt, wo getanzt wird, es krachen Trompeten und Trommeln knallen und Zimbeln klirren, da tritt Philipp an den Tisch und will mit Hanna tanzen. »Bitte, bitte«, sagt der Schulmeister und beugt seinen Kopf über das Bierglas, und Philipp und Hanna gehn auf die Tanzfläche, und er fasst sie fest an und reißt sie hinein in den harten Tanzschritt.

Aber raus aus dem Zelt geht der Schulmeister, geht fort von den Buden, fort aus dem Gedudel, aus dem Geduft und Geleuchte in die Stille der Nacht. Sitzt nieder am Deiche und blickt in das Dunkel, das üppig lagert auf Wumme und Wiesen, sitzt mitten im Weichen, im Schwarzen, im Vollen, fühlt das Brennen der Lungen und die Mattheit der Glieder, möchte hinsinken in den Schoß der Nacht. Da sieht er sich lösen aus sanfter Schwärze den schwarzen Kahn mit dem dunklen Segel und an dem Steuer den stillen Mann. Voll mit Torf ist er geladen, und leise gluckert die Welle am Bug. Und dann legt er an am Rande des Deiches, und der stille Mann winkt, und der Lehrer steigt ein. Setzt sich bescheiden hin auf die Holzbank, und wieder gluckert die Welle am Bug. Und hin zwischen Wiesen, nächtlich verhangen, auf morastiger Flut, die traurig dahinfließt, treibt dunkel das Boot. Und treibt aus den Wiesen fort in die Moore, und es rauscht das Schilf, und die Seerose glimmt bleich. Da füllt sich die Luft mit hauchender Klage, und trübe dahinten dämmert ein Schein. Bang fragt da der Lehrer: »Sind wir am Ziele?« Und der Fährmann nickt milde und murmelt nur: »Bald.«

Von Tür zu Tür

Die Mutter trat in die Stube und sagte: »Nun klapp mal das Buch zu« – Lotti las gerade in Trotzkopfs Brautzeit – »und geh mal zu Tante Gertrud und bring ihr diesen Schellfisch. Den isst sie doch so gern. Das wird sie freuen, jetzt, wo sie so krank ist.« Lotti sagte: »Nein, Mami, ich geh' nicht zu Tante Gertrud, du weißt doch, dass ich Angst vor ihr habe, sie ist eine böse Frau.« – »Dummes Ding«, sagte die Mutter, »willst du wohl machen, dass du fortkommst? Bei einer Erbtante ist es ganz egal, ob sie nett ist oder nicht. Tante Gertrud ist reich und kinderlos. Wer weiß, vielleicht fällt auch für dich einmal etwas ab. Sei nur recht freundlich zu ihr.«

Lotti wickelte also den Fisch in Seidenpapier und ging zu Tante Gertrud. Es war ein milder Oktoberabend, die Straßen waren schon dämmrig und sanft verschleiert im feuchten Herbstdunst. Der Laternenanzünder war gerade dabei, mit einer langen Stange eine Laterne nach der anderen anzudrehen. Da es Sonnabend war, läuteten die Glocken von St. Annen. Tante Gertrud wohnte in einem alten großen baufälligen Haus, das in einem verwilderten Garten zwischen hohen Zypressen und Tannen lag. Es sah grauschwarz und rissig aus, da es nie mehr angestrichen war. Tante Gertruds Mann war Reedereibesitzer gewesen und hatte sein Büro in dem Hause gehabt, da war viel Leben in dem Hause gewesen, aber nun lag es leer und verödet da, Tante Gertrud wohnte ganz allein darin, nicht mal ein Dienstmädchen hatte sie, so geizig war sie, nur ab und an kam eine alte Aufwartefrau. Lotti ging durch den düstern Garten und stieg die Steinstufen rauf und klingelte. Einmal, zweimal. Aber nichts rührte sich in dem Haus. Die Glocken von St. Annen hallten, und die Tannen und Zypressen dehnten sich hoch und schwarz in die Dämmerung. Eine Fledermaus strich ganz nah an ihrem Haar vorbei. Tante Gertrud ist nicht zu Haus, oder sie schläft, ich geh' wieder. Da hörte sie ein krächzendes Gelächter. Sie hatte es schon eine Weile gehört, aber nicht darauf geachtet. Ja, es kam aus dem Haus. Das war Lora, Tante Gertruds Papagei, den sie aus Guatemala mitgebracht hatte. Warum lachte er so? Und da öffnete sich oben ein Fenster, und Tante Gertrud rief: »Wer ist denn da?« – »Ich bin's, Lotti, ich bring' dir einen Schellfisch.« – »Warum läutest du denn?« sagte Tante Gertrud. »Die Tür ist doch offen.« Ja, die Tür war offen. Lotti trat in den dunklen Flur und ging die Treppe rauf und klopfte an die Tür, hinter der sie Tante Gertruds Stimme hörte. Tante Gertrud schimpfte, und der Papagei lachte. »Komm doch rein«, sagte Tante Gertrud.

Lotti trat in das Zimmer. Tante Gertrud saß in einem großen grünen Ohrenstuhl am Fenster, den Kopf hatte sie müde zurückgelegt, und die Hand hing schlaff von der Lehne. Sie hatte ein schwarzes Seidenkleid an und sah noch immer recht stattlich und respekteinflößend aus, obgleich sie nun so matt und verfallen dasaß. Ihr Gesicht schimmerte bleich aus dem Dämmer, und ihr pechschwarzes Haar türmte sich wie immer zu einer hohen Frisur. Ihr gegenüber an dem anderen Fenster stand der Papageienkäfig auf einem Ebenholztischchen. Er war mit einem bunten persischen Schal verhängt, aber dahinter lachte der Papagei, lachte und lachte. Lotti wickelte den Schellfisch aus und zeigte ihn Tante Gertrud. Die starrte eine Weile auf den Fisch, auf seinen fetten silbrig glimmenden Leib und seine glotzenden Augen, und ihre große Adlernase sog gierig den scharfen Fischgeruch ein, ja, die Nase sah aus, als wollte sie gleich auf den Fischleib loshacken. Dann lächelte sie bitter: »Ja, die lieben Verwandten, ja, deine gute, kluge Mutter. Leg den Fisch da aufs Büfett. Ich glaube, ich werd' ihn nicht mehr essen können. Kommt zu spät, kommt zu spät. Nun hör dir dieses Biest an. So lacht das nun in einem fort, seit vielen Tagen. Immer hat er so über mich gelacht, mein Leben lang. Und so was päppelt man groß und verhätschelt es. Das Tuch hab' ich ihm übergehängt, aber er lacht weiter. Er weiß ja, dass ich sterben muss, und deshalb lacht er. Er hat ja so 'ne gemeine Seele. Aber warte«, sie erhob sich mühsam aus dem Stuhl und schwankte zum Büfett, zog eine Schublade raus und ergriff ein Messer, »warte, wollen mal sehen, wer zuletzt lacht.« Und sie riss den bunten Schal vom Käfig und packte den kreischenden Vogel, der mit seinen grünrotgelb schimmernden Flügeln wild um sich schlug, und während er zum letztenmal in ihre Hand hineinhackte, dass das Blut ihr über die Finger lief, schnitt sie ihm den Hals durch und warf ihn auf das Büfett, und da lag er nun zuckend neben dem glotzenden Fisch. »O Tante Gertrud, Tante Gertrud«, schrie Lotti auf. »So, nun hat er sein Fett, nun ist er still, nun ist es vorbei, nun ist alles vorbei«, sagte Tante Gertrud, »nun ist Ruhe, nun kann ich nicht mehr und will auch nicht mehr.« Im Hintergrunde des Zimmers stand ein roter Diwan, auf den legte sich

Tante Gertrud in ihrem schwarzen Seidenkleid, sie streckte sich lang aus, faltete die Hände, die blutgefärbten Hände, überm Leib und schloss die Augen. Bewegungslos lag sie da. Draußen läuteten noch immer die Glocken von St. Annen, der Fisch roch, und die Dämmerung wurde dichter. »Lotti, steck die Kerzen an«, flüsterte Tante Gertrud mit geschlossenen Augen, »die Streichhölzer liegen auf dem Nähtisch.« Zu beiden Enden des Diwans standen zwei Tischchen mit goldenen mehrarmigen Kerzenhaltern. Und Lotti steckte die Kerzen an, eine nach der anderen, und das Licht schimmerte über Tante Gertrud hin. Starr lag sie da, mit geschlossenen Augen, und sagte nichts mehr.

Da begann eine Orgel zu spielen, irgendwo, ernst und feierlich, und da hörte Lotti in der Stube nebenan, die durch eine große dunkelrote Samtportiere verhängt war, gedämpftes Stimmengemurmel, und die Samtportiere wurde auseinandergezogen, und langsam schritten viele Menschen in das Zimmer, Männer und Frauen, alle schwarzgekleidet, die Herren den Zylinderhut in der Hand und die Frauen mit schwarzen Kreppschleiern an den Hüten, und alle hatten schwarze Handschuhe an, und sie trugen große dicke Trauerkränze mit weißen und roten Schleifen, und es begann süß und betäubend zu duften in dem Zimmer. An der Spitze des Zuges ging ein korpulenter Mann in einer blauen Uniform, an den Ärmeln hatte er breite goldene Streifen, am Kragen und an der Mütze, die er in der Hand hielt, goldene Litzen und Schnüre, er hatte ein rotes Gesicht mit einer blauen Weinnase und einen brandroten struppigen Vollbart, und er und all die anderen stellten sich um den Diwan, auf dem Tante Gertrud lag, und falteten die Hände und blickten stumm und brütend auf die Tote. Und die Orgel summte und schwoll immer mehr an, und die Glocken von St. Annen dröhnten metallen. Da fing der dicke Mann in der Uniform auf einmal an zu schluchzen, ganz jämmerlich zu schluchzen, und er hielt sich die Hand vors Gesicht, aber seine Schultern zuckten, und da erkannte ihn Lotti, und ihr fiel die Geschichte ein, die ihr die Mutter erzählt hatte. Das war ja Kapitän Brodersen. Er wollte Tante Gertrud heiraten, als sie noch ganz jung waren, aber daraus wurde dann nichts, ihre Eltern wollten das nicht, weil er arm war und nichts vorstellte, mein Gott, ein kleiner Steuermann, nein, sie musste den reichen Reederssohn heiraten, den sie gar nicht liebte. Und nun stand er da, der dicke Mann, und hatte eine blaue Weinnase, und seine Schultern zuckten. Und Tante Gertrud? Ja, die hatte sich von ihrem Papagei, von Lora, auslachen lassen müssen, er hatte einfach über ihr ganzes Leben gelacht. Aber nun lag er da mit durchgeschnittenem Hals, neben dem Schellfisch. Und da hob Kapitän Brodersen den Kopf: »Das nützt ja nun alles nichts«, und er gab den Umstehenden ein Zeichen, und sie legten die Kränze auf Tante Gertrud, sie wurde ganz unter den Kränzen begraben, und vier Herren hoben den Diwan an den vier Ecken hoch, und sie schritten langsam mit der Toten und den aufgehäuften Kränzen aus dem Zimmer, und alle folgten und ordneten sich zu einem Zuge. Da erkannte Lotti ihre Klavierlehrerin Fräulein Lömker unter den Leidtragenden, und sie trat leise zu ihr und zupfte sie am Ärmel: »Fräulein Lömker, ich hab' ja gar keine Trauerkleider.« Fräulein Lömker sah sie einen Augenblick vorwurfsvoll an: »Lotti, da hättest du aber etwas eher dran denken müssen. Was machen wir denn da? Ah, ich weiß schon.« Sie nahm Tante Gertruds schwarze Seidenpelerine vom Haken und legte sie Lotti um: »Halt sie nur vorne recht fest zusammen, damit man deinen hellen Rock nicht sieht. Und nun komm schnell.«

Der Zug bewegte sich durch viele Korridore, Stuben und über Treppen hin – wie groß war Tante Gertruds Haus! – und nur die beiden Kerzenleuchter, die von zwei Herren getragen wurden, flackerten matt über die dunklen Gestalten hin. Jedesmal bei einer Treppe staute sich der Zug, und behutsam musste die schwere Last die Stufen hinunterbefördert werden; aber auf einmal ging am Ende eines Korridors eine Flügeltür auseinander, und sie betraten eine große Halle, die war ganz aus Glas, ein riesiger Wintergarten war das, eine Bahnhofshalle, ein hochgewölbtes Gewächshaus; denn an den Glaswänden standen hohe Palmen, Lorbeerbäume, exotische Blattgewächse, Kakteen und leuchtende Blumen – und zwischen den Palmen und Lorbeerbäumen stieg aus einer flachen Marmorschale ein zarter Wasserstrahl und fiel plätschernd zurück in das Becken. Durch die Scheiben der Halle aber schien tot und fahl grauweißes Tageslicht, ja, Lotti sah draußen eine weißverschneite Winterlandschaft, die Halle lag in einem großen Park, oder war es ein Friedhof? Und die kahlen Bäume hoben sich schwarz von dem Schnee ab. Und die Orgel spielte, und der Diwan, auf dem Tante Gertrud unter einem Berg von Kränzen aufgebahrt lag, wurde in die Mitte der Halle auf den buntgesprenkelten Steinboden gestellt, und das Trauergefolge gruppierte sich um den Diwan und starrte wieder schweigend auf ihn hin, und eine Frauenstimme, eine tiefe klare Altstimme, klang von irgendwoher, wie aus der Höhe herab:

Leben, wie fliegst du dahin,
Alles zu Asche muss werden,
Drum so schwebe dein Sinn
Hoch überm Dunkel der Erden.

Und Kapitän Brodersen hatte die Hände über seiner Seemannsmütze gefaltet und murmelte: »Arme Gertrud, arme Gertrud, versäumt, versäumt, lebe wohl, lebe wohl«, und unter den Klängen der Orgel und dem Gesang der Frauenstimme sank der Diwan mit den Kränzen in die Tiefe – wir sind in einem Krematorium, wir sind also doch in einem Krematorium, dachte Lotti. Auch Onkel Willis Sarg war damals in dem Krematorium so in die Tiefe gesunken. Und der Boden schloss sich wieder über Tante Gertrud, und die Orgel wurde leiser und leiser und schwieg, und der Gesang verhallte – es wurde ganz still in der großen Halle, draußen lag tot und fahl die Winterlandschaft, nur der Brunnen plätscherte lustig fort. Unbeweglich standen die Leute und schauten wie träumend, wie schlafend vor sich nieder, lange, lange, und die Zeit verging.

Da rief plötzlich Fräulein Lömker: »Was ist denn mit uns los? Sind wir hier, um zu trauern oder um froh zu sein? Hochzeit ist doch heute! Kapitän Brodersens Hochzeit! Kinder, Stimmung, Stimmung!« Und sie huschte zu einem Klavier hin, das zwischen den Palmen stand, ein braunes Nussbaumklavier, und warf den dunklen Mantel ab, da hatte sie ein hellblaues weitausgeschnittenes Abendkleid an, setzte sich ans Klavier und spielte eine flotte Polka. Da kam Bewegung in die Leute, ja, was stehen wir hier rum und gucken so miesepeterig, Grund genug ist doch, vergnügt zu sein, Kapitän Brodersens Hochzeit ist heute, nun hat er doch noch eine Frau gefunden, der alte Seebär, niemand hätte das noch für möglich gehalten, und was für ein junges reizendes Ding. Mäntel ab, Hüte ab und die schwarzen Handschuhe weg; und alle drängten zur Garderobe, die vorm Eingang der Halle lag, und gaben ihre Mäntel und Hüte ab, und nun standen sie in festlichen Kleidern da, Seide knisterte und Schleppen rauschten, und süßes Parfüm zog durch die Luft, und die Frackschöße der Herren flogen. Und alle traten zur Polonäse an, und Kapitän Brodersen stellte sich an die Spitze des Zuges, und Fräulein Lömker hämmerte munter auf das Klavier ein: Polonäse, Polonäse. »Aber wo ist denn meine Braut?« rief Kapitän Brodersen. »Warum kommt sie denn nicht? Bin ich denn verdammt, immer nur zu warten und zu warten?« Und alle Leute riefen: »Ja, die Braut, die Braut, wo ist die Braut?«

Lotti hatte neben dem Klavier gestanden und auf Fräulein Lömkers zierliche feste Hände geschaut, wie sie so resolut auf den Tasten herumgriffen, sie hatte sich auf das Klavier gestützt und den Kopf in die Hand gelegt, da sah sie plötzlich den Zug herankommen, Kapitän Brodersen verbeugte sich mit einem plumpen Kratzfuß vor ihr und fasste ihre Hand und küsste sie leidenschaftlich: »Da ist ja mein Herzchen, mein kleines Täubchen«, und dann führte er sie triumphierend durch den Saal, und Lotti ging an seiner Seite, starr und stumm, und dann spielte Fräulein Lömker auf einmal einen schnellen Walzer, die Paare fassten sich um, und nun wogte alles im Dreivierteltakt. Ganz dicht sah Lotti vor sich Kapitän Brodersens rotes Gesicht, seine blaue Weinnase, seine feucht schwimmenden blauen Augen, und sein brandroter Vollbart kitzelte sie am Kinn, ganz fest hatte er sie um die Hüfte gefasst und lachte und flüsterte: »Lottchen, mein kleines süßes Lottchen, meine Seemöwe, nun gehörst du mir.« Da rief eine Stimme: »Wechselt die Paare«, die Tänzer vertauschten sich, eine rundliche Dame riss Kapitän Brodersen zu sich hin, Lotti stand eine Sekunde allein, schnell sprang sie hinter eine Palmengruppe und lief, von Blumenaufbauten und Büschen verdeckt, zum Eingang der Halle. Schon war sie draußen, sie lief eine breite weiße Marmortreppe hinauf, die mit einem roten Samtläufer belegt war, es war die große Treppe vom »Hotel du Nord«, Lotti kannte sie wohl wieder, sie war ja einmal dort gewesen, als der reiche Onkel Willi auf seinem Besuch in der Stadt da gewohnt hatte – und sie kam in den ersten Stock des Hotels. Ein langer Gang mit vielen Türen, nur irgendwo rein, nur weg, nur weg. Eine Tür war angelehnt, und sie trat schnell in das Zimmer. Da saß ihre Mutter auf dem Stuhl, den Brautschleier und den Kranz im Schoß, und sie rief: »Lotti, warum hast du denn den Kranz und den Schleier abgetan?« – »Ach, Mami«, jammerte Lotti, »ich will ihn nicht heiraten, ich will den alten dicken Mann nicht heiraten.« Aber die Mutter sagte flehend: »Er hat doch Tante Gertruds ganzes Geld geerbt, nun kriegen wir's doch noch. Möchtest du denn nicht auch, dass deine arme Mutter es an ihrem Lebensabend noch etwas besser hat?« – »Ja, Mami, ja«, rief Lotti, und die Mutter begann damit, Lotti den Kranz und den Schleier wieder anzulegen, und Lotti liefen dabei die dicken Tränen über die Backen, und sie schaute mit trübem Blick zum Fenster hin. Draußen schneite es sanft, und die leichten Flocken setzten sich an die Scheiben und zerschmolzen, vertränten dort. »Mami, es schneit ja, wie kommt das denn, jetzt, im Oktober?« – »Oktober?« sagte die Mutter. »Mein Liebling, wir haben doch Januar.« – »Wann war ich denn bei Tante Gertrud?« – »Tante Gertrud?« sagte die Mutter. »Aber Kind, die ist doch schon fünf Jahre tot.«

Da hörte Lotti im Nebenzimmer eine Männerstimme. Eine schöne klangvolle Stimme, die so etwas Beruhigendes und Vertrauenerweckendes hatte. Und als die Mutter sagte: »Nun hab' ich gar nicht Nadeln genug, ich geh' mal eben raus und seh' zu, dass ich von dem Zimmermädchen welche bekomme«, und als sie aus dem Zimmer ging, da legte Lotti hastig Kranz und Schleier ab und schritt zu der Tür, die ins Nebenzimmer führte. Sie drückte die Klinke, sieh da, die Tür war unverschlossen, und sie trat in das Zimmer. Da saß Arthur am Schreibtisch. Er hatte ein paar große Bogen Papier vor sich liegen, und er hatte sich gerade laut vorgelesen, was er aufgeschrieben hatte. »Wenn diese Rede morgen auf der Stadtratssitzung nicht hinhaut, dann lass' ich mich begraben«, sagte Arthur und blitzte Lotti durch seine Brille an mit seinen klaren grauen Augen. »Nun bin ich fertig. Aber, Lotti, was hast du denn?« Er sprang auf vom Schreibtisch. »Wie siehst du wunderlich aus?« – »Ach«, sagte Lotti, »ich hab' ein kleines Mittagsschläfchen gehalten, da hab' ich wohl was geträumt.« – »Weißt du was?« sagte Arthur. »Jetzt machen wir einen schönen Spaziergang, der tut uns beiden gut, und dann essen wir auswärts zu Abend. Darin hast du gar keine Arbeit.« – »Aber die Kinder«, sagte Lotti. – »Wofür haben wir denn Lina?« sagte Arthur. Er fasste Lotti um die Taille und führte sie auf die Terrasse vorm Zimmer. Der Garten lag im Sonnenschein, hoch wucherte das Gras auf dem Rasen, die Rosenstöcke blühten, im Laube rundeten sich die Äpfel, und Susi und Irma saßen auf dem Wuppelbrett und flogen auf und nieder und winkten den Eltern zu. Lina saß in der schattigen Laube und las in einem Roman. »Kinder, wir gehen etwas spazieren«, rief Lotti. »Lina, Sie geben wohl rechtzeitig den Kindern das Abendbrot. In der Speisekammer stehen noch drei Satten dicke Milch.«

Lotti und Arthur gingen eingehakt durch die stillen sonntäglichen Straßen. Als sie am St.-Annen-Kirchhof vorüberkamen, sagte Lotti: »Mein Gott, heute ist ja Mutters Sterbetag.« Die Gräber lagen dichtgedrängt um die alte St.-Annen-Kirche im Schatten der dunkelgrünen Kastanienkronen. Vorm Friedhofseingang war eine Gärtnerei, in der Lotti einen Blumentopf, eine schöne rote Azalee, kaufte. Die stellte sie auf das Grab der Mutter. Auch bei den Gräbern von Tante Gertrud und Kapitän Brodersen blieben sie beide einen Augenblick nachdenklich stehen. Auf dem hellen Stein von Fräulein Lömkers Grab war eine kleine Lyra in Gold aufgemalt, die schon recht verregnet und verblasst war. »Eigentlich schade, dass du nie mehr Klavier spielst«, sagte Arthur. »Die Kinder, das Haus«, seufzte Lotti. Sie verließen den Friedhof und gingen runter zum Hafen. Im »Alten Fährhaus«, wo man einen so schönen Rundblick über den Hafen hatte, setzten sie sich in die offene Holzveranda. Friedlich und still lagen die Dampfer und Fischkutter im Abendlicht. Das Wasser war glatt und dunkel, und es roch nach Fisch und Teer. »Was kriegen wir zu essen?« fragte Lotti. »Schellfisch«, sagte Arthur. »Schellfisch?« sagte Lotti, es schauerte sie leise im feuchten Abendhauch. »Schellfisch? Was war denn noch damit? Ach, richtig, den aß Tante Gertrud ja so gern.«

Am Leuchtturm

Lili sagte: »Ich kann nicht mehr.« Aber die Mutter meinte: »Iss man auf.« Die Satte dicke Milch war auch wirklich zu groß, eine tiefe braune Tonschüssel. »Während du nach oben gehst, werde ich Papa schreiben«, sagte die Mutter und holte einen Briefblock und einen Füllfederhalter aus ihrer großen Leinentasche. Lili hatte die Schüssel leergegessen und schob sie beiseite und faltete die Hände: »Ob ich nicht doch noch etwas warte?« – »Nein, geh man rauf, nun kommt er nicht mehr. Männer haben auch ihre Pflichten, mein Kind. Aber das ist nur gut, dass er fleißig ist – wer noch im Urlaub arbeitet, der bringt es auch zu was.« – »Jeden Tag kriegt er so große dicke gelbe Kuverts: ›An Herrn Ingenieur Doktor Fritz Wendland‹«, sagte Lili, »wie das klingt, und dabei ist er doch ein richtiger kleiner Junge … ein frecher Junge … weißt du, manchmal könnt' ich richtig wütend werden; beim Baden, da schwimmt er dann so hinterlistig unter Wasser und packt mich plötzlich an den Beinen und zieht mich nach unten, unverschämt, und dann spritzt er, kann ich dir sagen, aber dann ist er auch wieder nett, dann schwimmt er und trägt mich auf seinem Arm, und ich brauche gar nichts zu tun, solche Kraft hat er, und ich liege ganz ruhig, lass mich treiben …« Lili sah verträumt über die grünen Tische und Stühle. Lass mich treiben, lass mich treiben, o wie schön das hinging über das ruhig wogende Wasser. Still war es jetzt hier. Sie waren die einzigen Gäste. Die Sonne schien warm und milde, rot glühten die Backsteine des Leuchtturms, ein paar Hühner liefen pickend und ruckend zwischen den Tischen herum, und der Kellner stand in der Tür des Leuchtturmhauses an den Pfosten angelehnt, die Serviette unterm Arm, und wartete auf neue Gäste. »Morgen ist Reunion«, sagte Lili, »ob ich mein grünes Seidenkleid anziehe oder das weiße Spitzenkleid, und dann steck' ich mir hier vorne die rote Rose an?« – »Ja, das Spitzenkleid mit der roten Rose«, sagte die Mutter, »da siehst du so entzückend drin aus.«

Um die Düne herum auf den Platz vorm Leuchtturm kam ein großer Kremser gefahren, vier kleine Kinder sprangen herunter, zwei Mädchen und zwei Jungens, und dann stiegen die Eltern langsam aus. Justizrat Bäcker aus Gießen mit Familie. Justizrat Bäcker hatte einen gelben Leinenanzug an, den Schillerkragen flott zurückgeschlagen, den Zwicker auf der Nase und die Haare borstig und kurz nach oben gekämmt.

»So, nun will ich aber raufsteigen«, sagte Lili. Sie ging durch die Tische zum Leuchtturm-Eingang. Drinnen im Turm war es schattig und kühl. Und sie lief die Stufen hinauf, immer im Kreis, es roch etwas faulig nach altem Gewölbe und Moder, immer rundum, man konnte ganz schwindlig werden, sie musste sich am Geländer festhalten, morgen Reunion, das Spitzenkleid mit der roten Rose, und wir tanzen zusammen, sein Arm um meine Taille, fester, fester, ja, da lag ich auf seinem Arm, ließ mich tragen, ließ mich treiben, und wie das dunkelgrüne Wasser so hinwogte … Ein kleines Fenster, tief in der dicken Mauer, o schon ziemlich hoch, aber höher, höher, klapp, klapp, klapp, immer rundum – und wir tanzen zusammen, und der Saal dreht sich.

Justizrat Bäcker rief: »Nun hört mal alle zu, Edith, Marga, nicht weglaufen. Wir wollen mal eben einen Schlachtplan entwerfen. Also ich bin dafür, dass wir zuerst einmal auf den Leuchtturm steigen. Wer will mit? Was, Kurt und Edgar, ihr wollt nicht mit? Euch reizt es nicht, einen Leuchtturm zu besteigen, ihr seid schon so oft oben gewesen? Da seht mir diese Übersättigten, diese Blasierten, na schön, also ihr wollt lieber Kaninchen fangen, viel Glück, viel Glück, da haben wir wohl heute Abend einen Kaninchenbraten zu erwarten? Was? Ihr wollt das Kaninchen mit nach Gießen nehmen? Mama, geht das denn, ein Kaninchen bei uns zu Haus? Wie? In einer Kiste im Garten? Meinetwegen. So werde ich denn mit Marga und Edith allein den Turm besteigen. Nein, Mama, du kannst nicht mit, denk an dein Asthma, Mamachen, du bleibst hier unten, setzt dich an diesen Tisch. Herr Ober, bringen Sie der Dame bitte – ja, was möchtest du – ja, eine Tasse Schokolade und ein Stück Topfkuchen, und Sie, Herr Heuer« – Herr Heuer, das war der Kutscher – »Sie genehmigen sich bitte Bier oder Köhm oder was Sie wollen. Also Kinder, kommt.«

Die Stube des Leuchtturmwärters. Wie gemütlich: ein großer Ohrenstuhl, ein Tisch, ein Bettverschlag, der mit einem rotgeblümten Vorhang verhängt war, auf dem Tisch ein großes Buch mit eingetragenen Zahlen und eine Brille, und durch das Fenster ein breiter Balken goldenen Nachmittagslichts in die schattige kühle Stille, an der Wand leuchtete die Photographie eines jungen lachenden Matrosen auf … Leise summte der Wind um den Turm. Lili stand einen Augenblick still: Gott, hier zu leben, so einsam, so hoch oben, und nachts, wenn dann der Sturm heult und das Meer brandet gegen die Dünen und die Dampfer tuten in Not … brr … Da sah sie die eiserne Wendeltreppe, die weiter nach oben führte, und sie stieg schnell die Stufen hinauf.

Und die Mutter saß unten und schrieb an den Vater: »Lili hat eine nette Bekanntschaft gemacht, einen Dr. Fritz Wendland, auch aus Bremen, er ist Ingenieur an der Weser-Werft, ein Neffe von dem früheren Direktor Wendland von der Weser-Werft, den Du doch auch gekannt hast. Mit seiner Mutter, die leider nicht mehr lebt, bin ich zur Schule gegangen. Lili hat ihn auf der Reunion kennengelernt, ein reizender Mensch, so lustig und vergnügt, und scheinbar sehr verschossen in Lili, aber sie mag ihn auch gerne. Die beiden sind viel zusammen, er sitzt immer in unserer Burg, hat mit Lili zusammen die Wälle so hoch und dick aufgeschaufelt, dass ich in meinem Strandkorb kaum noch drüber wegsehen kann. Sie haben beide aus Sand einen großen Neptun modelliert, direkt künstlerisch, der liegt nun vor unserer Burg und wird sehr bewundert. Du, lieber Willi, ich glaube, diesmal ist es etwas Ernsteres, wir können uns so ein wenig auf eine Verlobung gefasst machen. Ach, ich gönnte es ja so unserem Kinde. Da, Lili ist auf dem Turm angelangt und winkt runter ...«

»Mutti, Mutti«, rief Lili und winkte wie wild mit dem Taschentuch. Ach, war das hier oben herrlich, schade, dass Fritz nicht bei ihr war und sie zusammen alles genießen konnten. Wie winzig da unten das Leuchtturmhaus und die grünen Tische und Stühle, und Mutti so ganz klein und niedlich. Über die ganze Insel konnte man wegsehen. Lili stand am Geländer und atmete tief, und ein lauer Wind wehte hier oben und strich ihr durchs Haar. Der Leuchtturm stand am Ende der Insel, einsam zwischen den Dünen, und Lili sah das Gewelle der Dünen, Wiesen mit braunem Vieh und gelbe Sandmulden und helles Dünengras und ganz dahinten die Dächer von dem Ort und die Hafenmole und die bunten Fahnen und Wimpel vom Strand und auf der einen Seite das offene Meer, dunkelblau sich wölbend, und am Horizont ein paar große Dampfer scharf vor dem klaren Nachmittagshimmel mit ziehendem Rauch, und auf der anderen Seite das helle durchsichtige Wattenmeer, und klar die Küste, wie in der Luft schwebend, aber in allen Einzelheiten zu erkennen, ein grüner Streif, und runde Bäume und Bauernhäuser und Mühlen, Mühlen, Mühlen

… Ein paar grüne Kutter mit braunem Segel, goldig von der Sonne angeschienen, schwammen im Wattenmeer, und die mennigroten Bojen, schief in der Strömung stehend, leuchteten sanft.

Der Leuchtturmwärter hatte lange mit dem Fernglas aufs Meer geschaut, auf einen Dampfer, der da hinten am Horizont hinfuhr – nun trat er zu Lili: »Fräulein, Sie haben wohl noch nicht bezahlt.« Lili schrak zusammen. Aber dann sah sie in das freundliche, gutmütige Seebärengesicht, rotbraun verwittert und verknittert, mit grauem flockigem Backenbart und scharfen blauen Augen und vielen kleinen lustigen Fältchen in den Ecken. Ja, zwanzig Pfennig kostete das Vergnügen, und hier hatte sie ihr Billet, ja, da hatte sie heute Glück, ein schöner klarer Tag, so weit sah man nicht häufig. »Tja, ich stand gerade da und guckte nach dem Schiff da hin, sehen Sie, da, den zweiten Dampfer von rechts – ja, der da – wissen Sie, wer darauf fährt? Mein Junge. Hätt' ihn ja so gern hier zu Hause behalten, hätt' ihn so gut brauchen können. Ach, mit dem Leuchtturm, das macht einem doch allmählich etwas Mühe. Aber er wollte partout auf die ›Pallas‹ zurück, nee, da war kein Halten, auch die Alma hat das nicht fertiggekriegt. Tja, was so'n richtigen Seemann ist ...«

Und die Mutter schrieb: »Wir haben übrigens seit ein paar Tagen eine sehr nette Burgnachbarin, eine Frau Martens aus Hannover, noch sehr jugendlich und schon Witwe, ihr Mann ist vor zwei Jahren gestorben. Lili hat sich sehr mit ihr angefreundet, sie sagt, von Frau Martens kann man etwas lernen, die kennt das Leben. Sie kommt oft zu uns rüber. Es ist zu reizend, wenn dann die jungen Leute, Lili und Doktor Wendland und Frau Martens in unserer Burg sitzen und so allerlei Unsinn treiben – ich bedaure nur, dass Du nicht dabei sein kannst.« Als die Mutter von ihrem Brief aufblickte, sah sie einen Herrn und eine Dame, die sich an einen Tisch setzten. Kammersänger Otto Laube, das war er. Wer mochte die Dame sein, ob es seine Frau war? Im Kurhaussaal hatte er ein Konzert gegeben, aber die Mutter und Lili hatten keine Karten mehr bekommen, solch ein Andrang war gewesen. Frau Martens hatte ihn gehört, sie war ganz begeistert, wie verrückt hatten die Frauen geklatscht, Zugabe auf Zugabe und Blumen über Blumen. Eine stattliche Erscheinung, vielleicht etwas dick im Gesicht, etwas aufgeschwemmt, das hatten Sänger ja so leicht, ob das wohl vom Singen kam?

Kammersänger Otto Laube sagte: »Und dann ging's nach Chikago. Central-Theater, drei Wochen lang: ›Bajazzo‹, ›Tiefland‹, ›Siegfried‹, ›Tosca‹. Ein sehr dankbares Publikum. Ich musste deutsch singen. Großer Erfolg, obgleich mich doch niemand verstand. Merkwürdig. Wie ist so was möglich?« Fräulein Binder sagte: »Was braucht man da verstehen, wenn man Ihre Stimme hört. Oh, das kann ich mir schon vorstellen.« Sie sprach leise, und ihre Stimme zitterte etwas. Nun saß sie hier am Leuchtturm mit dem großen Mann an einem Tisch. Was werden Alice und Elli sagen? Wie werden sie sich ärgern, dass sie nicht mitgegangen sind. Wenn sie erst mit ihm zusammen auf der Strandpromenade ging. Ob er das tun wird? Oder er kommt im Kurgarten auf mich zu während des Konzertes, begrüßt mich, setzt sich an meinen Tisch. Ob ich mein Gesicht doch etwas pudere, ein ganz klein wenig Rot auflege? Und wie von selbst ist alles gekommen, wie im Traum. Nur durch die glitschige, schwabbelige Riesenqualle, die da am Strande lag. Sonst wären wir doch nie ins Gespräch gekommen.

»Wissen Sie, was mir am besten in Chikago gefallen hat? Ein kleines deutsches Restaurant. Da kriegte man richtiges Münchener Bier und Eisbein mit Sauerkraut, ich sage Ihnen, so eine Portion. Apropos Essen: Was genießen wir? Hier soll es schöne dicke Milch geben.« Nein, Fräulein Binder wollte keine dicke Milch, jetzt nicht. »Herr Ober, also für die Dame Eis, gemischt, und mir eine dicke Milch mit Zucker und Schwarzbrot.«

Albert, der Kellner, ging ins Haus und rief in die Küche: »Eine Portion Eis, gemischt, und eine dicke Milch.« – »Albert«, sagte die Leuchtturmwärtersfrau, »kommen Sie doch noch mal eben rein. Albert, ginge es denn nicht, dass Sie wenigstens noch acht Tage bleiben, bis dahin habe ich vielleicht Ersatz für Sie. Ich kann doch jetzt nicht alles alleine mit Alma machen, jetzt in der Hochsaison.« – »Hochsaison«, lachte Albert höhnisch, »davon merkt man auch gerade was. Nein, deshalb geh' ich ja weg, weil hier nichts zu tun ist. Glauben Sie, ich kann die kurze Sommerzeit so ungenutzt verstreichen lassen? Jeder Tag ist da kostbar. Hab' schon viel zu viel Zeit verloren. Nein, morgen fang' ich im ›Kaiserhof‹ an, das ist nun mal abgemacht.« – »Es ist scheußlich, einen so im Stich zu lassen«, sagte die Leuchtturmwärtersfrau weinerlich und rührte in einem Topf am Herd. »Im Stich lassen«, rief Albert und schwenkte mit der Serviette, er stand mitten in der

Küche, und sein schwarzgewelltes pomadisiertes Haar glänzte im Nachmittagssonnenschein, »wer ist hier der Angemeierte, ich oder Sie? Haben Sie mir etwa geschrieben, dass der Leuchtturm am Ende der Welt liegt, haben Sie mir nicht versprochen, dass hier ein Hochbetrieb ist? Ich denke, der Leuchtturm steht mitten im Ort und ist das Zentrum des Verkehrs.« – »Alma, kannst du ihm denn nicht zureden«, sagte die Leuchtturmwärtersfrau, »auf dich hört er doch noch am meisten.« – »Lassen Sie ihn doch, wenn er fort will«, sagte Alma, »wir wollen schon fertig werden.« Sie hatte Eis auf den Teller gelegt und ging nun in die dämmrige Speisekammer, um die Satte dicke Milch für den Kammersänger zu holen. Katzenhaft weich war ihr Albert gefolgt und flüsterte ihr plötzlich im Rücken, dicht am Nacken: »Na, soll ich doch bleiben? Wenn Sie etwas nett zu mir sind, bleibe ich. Nun seien Sie doch endlich vernünftig.« – »Finger weg«, zischte Alma, »scheren Sie sich zum Teufel«, sie nahm die Satte dicke Milch vom Bord und ging schnell in die Küche zurück. »Dann wart man auf deinen John«, rief er ihr nach, »da kannste warten, bis du schwarz wirst.«

»Mir ist ganz schwindlig«, sagte die kleine Edith und schloss die Augen und hielt sich mit beiden Händen am Geländer fest. »Ach was, Mädel«, sagte Justizrat Bäcker. »Nun genießt doch mal die herrliche Aussicht. Ist das nicht wunderbar, so auf einem Turm zu stehen? Guck doch mal, Edith, da kannst du ja Kurt und Edgar sehen, mach doch mal die Augen auf – ob sie wohl schon ein Kaninchen gefangen haben? Sieh mal Marga an, Marga ist viel mutiger.« – »Edgar, Kurt, hu – hu«, schrie Marga und beugte sich weit über das Geländer und winkte. Aber die beiden Jungens da unten hörten sie nicht, sie knieten vor dem Kaninchenbau und waren wohl zu sehr in ihre Sache vertieft. Plötzlich tuschelte Marga ihrem Vater etwas ins Ohr. »Wollen mal sehen«, sagte der und wandte sich an den Leuchtturmwärter: »Könnten Sie uns wohl für einen Augenblick Ihr Fernglas leihen?« Und dann sah Marga durchs Fernglas: ob man wohl ihre Burg sehen konnte? Nein, da waren die Dünen davor, nur die Flaggenmasten vom Strand ragten über die Dünen hinaus. Lili stand dicht neben Marga. Sie kriegte auch Lust, mal durchs Fernglas zu sehen. Sie hatte nun die Aussicht von allen Seiten genossen und stand ruhig da und träumte so über das Dünengewoge hin. Immer milder wurde der Schein der Nachmittagssonne, immer blauer und klarer der hohe Himmel, immer sanfter und stiller der Wind, die Sonne neigte sich immer müder zum Meere hin, und ihr gegenüber stand der Mond bereits als zarte leichte Wolke am Himmel, klar und scharf bis in die kleinsten Winkel lag die Welt gebreitet, und die Nachbarinseln hoben sich goldenhell aus dem Meer, ruhig standen die braunen Mühlenflügel an der Küste, da glitt Lilis Blick in eine ferne Dünenmulde, nah beim Strande – sie zuckte zusammen – sein Panamahut, seine großkarierte Jacke – das war doch nicht möglich – ja, diesen weißen Schal trug sie um den Kopf gewickelt. »Darf ich wohl mal das Fernglas haben?« Sie riss es Marga geradezu aus der Hand. »Kind, du hast ja nun genug geguckt«, sagte der Justizrat, und vor Lilis Augen stand ein klares, rundes, scharfes Bild und schnitt wie Glas in ihre Seele: Fritz und Frau Martens, beide im gelben Sande liegend, sie wohlig ausgestreckt, die Arme hinter den Kopf gelegt, er den Panama zurückgeschoben, halb aufgerichtet auf sie herabsehend, lange, unbeweglich, und dann beugte er sich vor, beugte sich über sie … Lilis Hand zitterte und das Bild tanzte, sie ließ das Glas sinken, aber dann musste sie es doch noch mal heben, o so schwer war das, und es wackelte vor ihren Augen, aber sie musste doch noch mal gucken. Und indessen erklärte der Leuchtturmwärter dem Justizrat und den beiden Mädchen die Leuchtturmlampe. »Sehen Sie, die Lampe ist man so lüttje, aber das Licht wird verstärkt durch die Scheinwerferlinsen. Früher hatten wir ja man bloß Petroleumglühlicht, jetzt wird die Lampe elektrisch erleuchtet.« – »Kinder, ist das nicht ein Wunder«, sagte der Justizrat, »die kleine Lampe, und leuchtet so weit über das Meer.« Die beiden Mädchen starrten wie gebannt auf die vielen bläulich funkelnden Glasprismen, auf die große birnenförmige Glasglocke, und der Leuchtturmwärter sagte: »Kann Ihnen sagen, is 'ne aasige Arbeit, wenn man all die Linsen immer blitzblank haben will«, und er nahm ein Ledertuch und wischte schnell mal über die Glocke hin. Und die Mutter unten am Tisch schrieb: »Wenn Lili sich verheiraten sollte, und, lieber Willi, wir müssen ja nun damit rechnen, dann könnten wir ihr doch für den Anfang der Ehe die zweite oder erste Etage abtreten, was sollen wir dann allein mit dem großen Haus, und wenn dann Kinder kommen sollten, dann gibt's wieder neues Leben bei uns.« Da kam ein leiser Wind, so ein sanfter Hauch, und wehte ein vollgeschriebenes Briefblatt von dem Tisch der Mutter gerade vor die Füße von Frau Justizrat Bäcker, und die Damen kamen ins Gespräch:

»Nein, ich kann auch nicht mehr auf den Turm steigen, Asthma, wissen Sie; ja, die Seeluft ist sehr gut dafür, hier kann ich doch wenigstens ordentlich durchatmen.« Und am Nebentisch sagte Kammersänger Otto Laube: »Morgens um fünf segeln wir los, bei Ebbe, mit Heino Freerksens Kutter, ganz still und glatt ist das Meer, und der Nebel liegt noch auf dem Wasser, aber dann kommt die Sonne, und plötzlich sehen wir auf den Sandbänken die Seehunde liegen, eine ganze Familie, sie schlafen noch, werden so richtig überrumpelt, und dann geht's piff-paff.« – »Und sie haben so schöne, sanfte Augen«, sagte Fräulein Binder. »Wer?« fragte der Kammersänger. »Die Seehunde«, sagte Fräulein Binder und lief rot an, »wie Menschen können sie gucken. Und auf die mögen Sie schießen?« – »Das Leben ist Kampf, mein Fräulein. Damit muss man sich abfinden. Aber nun wollen wir mal auf den Leuchtturm steigen, wird ja schon ganz abendlich.« Albert, der Kellner, kam in die Küche und stellte Geschirr aufs Abwaschbrett, ganz dicht neben Alma stand er und summte ihr zu:

Ich sag' dir ganz offen,
Treu bin ich nicht,
Es lügt ja der Seemann,
Wenn er Treu' verspricht.

»Clown«, murmelte Alma finster.

Durch die Dünen ging ein junger Mann auf den Leuchtturmhügel zu. Es war Fritz Freese, Redakteur der ›Inselzeitung‹. Jede Woche brachte er ein kleines Stimmungsbild von irgendeinem Platz der Insel, diesmal hatte er sich vorgenommen, einen »Abend am Leuchtturm« zu schreiben. Ach, er war sehr unzufrieden mit sich selber. Schon vierundzwanzig Jahre und noch immer nicht weiter. An eine große Zeitung drängte es ihn, aufregende Berichte wollte er schreiben. Und da lief er nun in den Dünen herum und schrieb einen »Abend am Leuchtturm«. Was passierte hier schon? Ein unergiebiges Thema. Und nicht mal zuerfinden konnte man etwas, so einen kleinen Mord oder ähnliches – dann kamen einem gleich die Leute auf den Hals. Nichts als Stimmung, Stimmung, Stimmung – wie hatte er das satt. »Als mächtiges Wahrzeichen der Insel ragte der rote Leuchtturm über die Dünen.« Phrasen. Aber was sollte man erzählen? Vielleicht fingiere ich ein Gespräch mit dem Leuchtturmwärter und erzähle von der

Rettung eines Schiffes durch das Leuchtturmlicht. Das ginge. Vor seinen Füßen krabbelten zwei Jungens vor einem Kaninchenloch. »Was macht ihr hier denn?« – »Wir wollen ein Kaninchen fangen. Aber es will nicht kommen.« – »Wie wollt ihr das denn fangen?« – »Ganz einfach. Auf der anderen Seite der Düne ist doch noch ein Eingang, da haben wir ein Feuer gemacht, nun zieht der Rauch durch die Gänge, und das Kaninchen wird ausgeräuchert und muss hier raus, und dann greifen wir es.« – »Ja, Jungens, aber wenn der Bau nun mehrere Ausgänge hat?« – »Meinen Sie?« Edgar und Kurt sahen Fritz Freese ganz entsetzt an. Und da hörten sie auch schon den Vater rufen. Justizrat Bäcker stand oben auf der Düne und winkte: »Schnell herkommen, wir fahren nach Haus.« Und da mussten sie zurück und hatten kein Kaninchen gefangen.

»Da bist du ja endlich, Lili«, sagte die Mutter. »Du siehst aber etwas blass aus. Ob dir das Treppensteigen doch zu viel geworden ist? Sie winken schon, ja, ja, wir kommen. Du, wir können mit dem großen Wagen mitfahren. Ich habe eben mit der Dame gesprochen, eine Frau Justizrat aus Gießen, eine reizende Dame. Sie haben noch Platz für uns. Denke dir, sie leidet unter Asthma. Weißt du, wen ich eben hier gesehen habe? Kammersänger Otto Laube. Hier ist der Brief an Vater. Ich konnte es nicht lassen, so einige Dinge anzudeuten … Der wird Augen machen. Steck ihn doch noch eben in den Kasten, da ist ja einer am Haus. Ich geh' schon zum Wagen.« Lili nahm den Brief und ging zum Kasten, der neben der Tür des Leuchtturmhauses hing. Sie blickte auf den Brief und drehte ihn in der Hand, dann zerriss sie ihn und warf die Fetzen in einen Papierkorb.

»Albert«, sagte die Leuchtturmwärtersfrau in der Küche, »bringen Sie doch bitte gleich meinem Mann das Abendessen rauf.« – »Nein«, sagte Albert, »das tu' ich nun nicht mehr. Das ist vorbei. Sehen Sie, das war auch so ein Punkt: Ich war hier doch als Kellner angestellt und nicht als Laufjunge. Eine Zumutung, zweimal täglich auf den Leuchtturm zu steigen, um Ihrem Mann das Essen zu bringen.« – »Wie sind Sie frech«, jammerte die Leuchtturmwärtersfrau. »Ich bring's ja schon rauf«, sagte Alma, »reden Sie doch gar nicht mehr mit dem Kerl. Gehen Sie doch weg, Albert, so schnell wie möglich, wir wollen Sie hier gar nicht mehr sehen.« – »Tu' ich auch«, sagte Albert, »jetzt ist Feierabend«, und er warf die Serviette auf den Tisch. Dann stieg er die Treppe rauf, ging in sein kleines Zimmer, alles leer, nahm den dicken, braunen Koffer und eilte nach draußen, der Wagen wollte gerade abfahren, Familie Bäcker, Lili mit ihrer Mutter, alle saßen schon drin, und er bat Herrn Heuer, den Kutscher: »Können Sie den Koffer für mich mitnehmen zum Kaiserhof?« Natürlich konnte Herr Heuer das. »Stellen Sie ihn man hier vorne hin. So, los, hü, hü.« Die Pferde zogen schwer an, und die Räder knirschten im Dünensande.

Kammersänger Otto Laube stand oben auf dem Leuchtturm, und er sang mit weitausholenden Armbewegungen in die Abendstille hinein, hoch über Dünen und Meer hinweg: »Goldne Abendsonne, wie bist du so schön«. – »Der hat'n Kleinen sitzen«, dachte der Leuchtturmwärter, »aber 'ne schöne Stimme hat er, verflixt noch mal.« Und Fräulein Binder stand neben dem Kammersänger, rot vom Abendlicht übergossen, und ihre Augen glänzten, und es lief ihr süßschaurig den Rücken hinunter. »Er ist doch kein Materialist«, dachte sie, »er liebt die Natur. Was für ein Augenblick, mit ihm auf einem Turm im Anblick des Meeres, der untergehenden Sonne. O jetzt müsste ein Orchester losspielen, eine Symphonie: Beethoven.« Aber da trat ein junger Mann zu ihnen, ganz bescheiden, und der Kammersänger hörte auf zu singen, und der junge Mann sagte: »Verzeihen Sie, Meister, wenn ich Sie störe, bitte singen Sie weiter. O das täte mir leid, wenn ich Sie unterbrochen hätte. Ich bin glücklich, diese Szene belauscht zu haben. Mein Name ist Freese, Redakteur der ›Inselzeitung‹. Ich habe die Absicht, einen kleinen Artikel zu schreiben, ein kleines Stimmungsbild ›Abend am Leuchtturm‹. Dürfte ich da wohl diese Szene mit hineinbringen? Der Meister singend auf dem Leuchtturm, das würde Wirkung machen, etwas für die Damen sein. Ja, ich würde diese Szene in den Mittelpunkt stellen.« – »Nirgends hat man Ruhe, noch in die Wüste folgen sie einem nach«, seufzte der Kammersänger wohlgefällig und blickte Fräulein Binder triumphierend an, »aber wissen Sie; dieses dumme Lied, das lassen Sie mich nicht singen. Schreiben Sie, ich hätte gesungen – na, was? – ›O du mein holder Abendstern‹ oder ›Freude, schöner Götterfunken‹ – etwas Seriöses, nicht die ›Abendsonne‹.« – »Verstehe«, sagte Fritz Freese und machte sich Notizen in ein kleines Buch. »Ich habe mir auch erlaubt, Sie zu knipsen, wie Sie da so singend standen, darf ich das Bild mit in die Zeitung bringen?« – »Tun Sie, was Sie nicht lassen können«, sagte der Kammersänger. Und Fräulein Binder flüsterte dem Redakteur zu: »Bin ich auch mit auf dem Bilde?« Da trat der Leuchtturmwärter zu ihnen: »Nun muss ich Sie bitten, den Turm zu verlassen. Geht ja bald das Licht an.« Und dann ging der Leuchtturmwärter zur Lampe und sah nach, ob alles in Ordnung war, und dann stand er wieder da, das Glas vor den Augen und schaute auf den fernen Dampfer, die »Pallas«, die am Horizont des Meeres in den glühenden Sonnenuntergang hineinfuhr. Auf einmal stand Alma neben ihm. »Ich habe Ihnen das Essen raufgebracht.« – »Da fährt er hin«, sagte der Leuchtturmwärter, »da ist die ›Pallas‹«, und gab ihr das Glas. Lange blickte Alma unbeweglich auf den Dampfer im Abendrot.

> Ich sag' dir ganz offen,
> Treu bin ich nicht,
> Es lügt ja der Seemann,
> Wenn er Treu' verspricht. –

»Warum ist er nur weggegangen?« sagte sie. »Ach, Deern«, sagte der Leuchtturmwärter, »ich war genau so. Aber eines Tages hat er die Nase voll, dann bleibt er zu Haus und wird ein guter Leuchtturmwärter. Musst Geduld haben, musst 'n bisschen warten können.« – »Ja, ich will warten, wenn's nur nicht zu lange dauert.« Die Sonne sank hinter das Meer, und das Meer wurde blauschwarz und stumpf, und die Dünen wurden blass und grau, nur am Himmel lag noch ein roter Schein, und die Sichel des Mondes trat mit stärkerem Glanze hervor. Die Welt war ruhig und klar und still, ein kühler Wind begann zu wehen, und die Seeschwalben, die im Turm nisteten, flogen durch die dämmrige Abendluft. Alma stand da und blickte vom Turm auf die Insel. Nun waren sie wieder allein. Sie sah unten am Wattenstrand die letzten Gäste nach Hause gehen: den Kammersänger mit Fräulein Binder und dem Redakteur. Ganz dahinten fuhr der große Wagen dahin, der Alberts Gepäck mit forttrug, unten im Leuchtturmhaus ging in der Küche das Licht an, Albert räumte draußen die Tische ab und klappte die Stühle zusammen, das war Alberts letzte Arbeit, dann ging er ins Haus, und nach kurzem kam er wieder mit Hut und hellem Paletot. Er ging durch die Dünen zum Wattenstrand, er ging zum Ort, zum »Kaiserhof«, er wurde kleiner und kleiner. »Es ist auch zu verrückt«, rief Alma, »Albert lässt uns sitzen, wir wissen nicht vor Arbeit wohin, und John hätte uns so gut helfen können, aber da gondelt er nun auf der See herum.« – »Alma«, sagte der Leuchtturmwärter, »warum hast du dein Herz auch an so einen spleenigen Kerl gehängt.«

Der Wagen fuhr am Wattenstrand dahin. Oft fuhren sie durch überschwemmte Stellen, dann platschte es um die Hufe der Pferde. Die Mondsichel stand über ihnen, ein Kaninchen, das im Grase geschlafen hatte, sprang aufgescheucht in die Dünen. »Da ist ja euer Kaninchen«, sagte der Justizrat. »Na, Jungens, nun lasst doch nicht so die Köpfe hängen. Wenn wir in Gießen sind, kaufen wir uns ein Kaninchen.« Davon wollten Edgar und Kurt aber nichts wissen. Das war doch nicht dasselbe wie ein Dünen-Kaninchen. »Und überhaupt, Kaninchen muss man selber gefangen haben«, sagte Edgar. »Na, Kurt, dann spiel noch mal ein bisschen auf deiner Mundharmonika, und wir singen dazu. Was wollen wir singen?« – »›Und der Hans schleicht umher‹«, sagte Edith, »das ist so schön traurig.« – »Also los«, und sie sangen »Und der Hans schleicht umher«, und Kurt zirpte auf seiner Mundharmonika dazu silberhell wie eine Zikade.

Lili dachte: »Was soll ich nun noch auf der Reunion? Wie soll das nun alles weitergehen? Den Neptun, den zertret' ich mit meinen Füßen«, und sie sagte zur Mutter: »Wollen wir nicht doch Montag nach Hause reisen?« – »Was«, sagte die Mutter, »wir haben uns doch gerade entschlossen, noch vierzehn Tage länger zu bleiben. Was würde Doktor Wendland denn sagen?« – »Och der«, sagte Lili. »Ich verstehe dich nicht mehr«, sagte die Mutter.

> »Trübe Augen, blasse Wangen,
> Und das Herz ihm befangen
> Und der Kopf ihm so schwer«,

sangen die hellen Kinderstimmen zum klaren kalten Monde auf.

»Tränen?« fragte die Mutter, und dann sagte sie leise zu Frau Justizrat Bäcker: »Das Kind macht mir Sorge, sie ist zu nervös.« – »Schluss mit dem Klagegesang«, rief da Justizrat Bäcker, »wir wollen mal was anderes singen, wir singen jetzt: ›Was kommt dort von der Höh‹.« Und während sie sangen, ging das Licht auf dem Leuchtturm an, und der breite weiße Strahl begann ruhig über die dämmrige Insel zu wandern und zu kreisen. Und draußen auf dem Meer, weit draußen, da fuhr die »Pallas«, der Frachtdampfer, er fuhr nach Südamerika, und vorne am Bug, an der Reling, da stand ein Matrose, das war

John, der Sohn des Leuchtturmwärters, die Wellen schäumten und rauschten am Bug, der Wind wehte hart und kühl hier draußen und griff ihm in die Bluse, der Rauch quoll dick und schwarz aus dem Schornstein unter dem Abendhimmel, dunkel war das Meer und dunstig die ferne Insel, aber da kam das Licht von dem alten Leuchtturm und strahlte und winkte. Nun hatte der Vater die Lampe angemacht und saß wohl gerade da und aß sein Abendbrot. Ob Alma wohl noch einmal nach ihm ausgeschaut hatte vom Turm? Wie war sie böse gewesen, aber sie wird sich damit abfinden, wie gut, dass er weggegangen war – nein, ihr fangt mich nicht ein, noch nicht, nun rauschte es wieder und wehte und strömte, das Leben, und wurde weit. Lange, lange stand er und schaute nach dem Licht, dem wandernden Licht, dann wurde es matter und matter, längst war die Insel versunken, und dann versank auch das Licht, und es gab nur noch das Meer, den Wind, den Himmel und den Mond. Da wandte er sich weg und ging leise pfeifend, die Hände in den Taschen, hinunter in den Mannschaftsraum.

Spanische Suite

»Sie können jetzt nicht reingehen«, sagte Frau Frese, die Garderoben-frau, »ist aber wohl bald zu Ende, das Stück.« Willy Mertens stellte sich an die geschlossene Tür und horchte in den Saal. Gramvolle, wehmütige Klage, die sich wandelte in milde, männliche Resignation – Brahms, das war doch Brahms? Frau Frese hatte sich schon wieder hingesetzt und las schnell weiter in ihrem Roman. Sie saß hinter der Theke vor den mit Zeug vollgestopften Garderobenständern, eine kleine rundliche Frau mit schwarzem Kleid, weißer Schürze, Häubchen auf dem grauen Haar, Brille.

Es hatte für sie immer was besonders Stimmungsvolles, hier zu sitzen und zu lesen, während aus dem Saal gedämpft die Musik her-überklang. Also wie war das mit diesem grässlichen Clown? Hier, ja: »Asta wich bis in den äußersten Winkel des kleinen Wohnwagens zurück, und ihre Augen weiteten sich angstvoll, als der Clown Alfio ihr mit verzerrtem Gesicht immer näher kam. Seine Augen schossen grelle Blitze, und seine dicke rote Clownnase wirkte besonders furchterregend. ›So, nun glaubst du, weil du diesen Fernando hast, da könntest du mich wie einen räudigen Hund behandeln? Mir gehörst du, für immer, und ich rate dir …‹ – ›Der Direktor will doch, dass er mein Partner ist‹, rief Asta in höchstem Entsetzen.«

Der Brahms war zu Ende. Willy Mertens schlüpfte durch die Tür in den Saal. Winter verbeugte sich vorne auf dem Podium, man sah seine spiegelnde Glatze. Klatschen, Klatschen. »Da bist du ja endlich«, sagte Anita, »warum kannst du nicht einmal pünktlich kommen?« – »Ach, da kam im letzten Augenblick Besselmann mit so einer wichti-gen Sache«, sagte Willy Mertens. »Der Brahms war herrlich«, sagte Anita, »und denke dir, Winter hat alles auswendig dirigiert.« – »Ja, Brahms ist seine Spezialität«, sagte Willy Mertens, »wann kommt denn nun der junge Bulthaupt mit seinem Konzert?« – »Jetzt«, sagte Anita.

»Ich bin so unruhig«, sagte Heinz Stange, der Trompeter, zu seinem Nachbarn, »meine Frau liegt in der Klinik und erwartet ein Kind – ob ich wohl noch mal telefonieren kann?« – »Geh man hin«, sagte der Trommler, »ist wohl noch Zeit.«

»Ich glaube, jetzt ist es so weit«, sagte Juan Bulthaupt und stand auf. Er saß mit seinen Eltern dicht neben dem Orchester in der Loge. Winter hatte ihm zugenickt. »Nun geht's also los«, sagte Teresa Bulthaupt und sah ihn ängstlich an mit ihren glänzenden Mandelaugen, »Maria und Josef.« – »Du bist mir die Richtige«, sagte Konsul Bulthaupt, »erst kannst du nicht abwarten, den Jungen da oben vorm Publikum stehen zu sehen, und nun zitterst du. Ihr habt's ja so gewollt, nun muss er sehen, wie er durchkommt.« – »Hab keine Angst«, sagte Juan und starrte einen Augenblick über den Saal hin, »vor denen da hab' ich keine Angst.« – »Na also«, sagte der Vater, »stolz will ich den Spanier. Ist doch auch nicht das erstemal für dich.« – »Aber seine erste Orchester-Komposition«, klagte Teresa.

»Er ist aufgestanden«, flüsterte Lili Bracksieck ihrer Freundin Eva Lohmann zu. Sie saßen in der zwölften Reihe. Lili Bracksieck war siebzehn Jahre alt und wohnte in derselben Straße wie Bulthaupts, in der Mathildenstraße. »Sieht er nicht reizend aus in dem Frack? Seine Mutter ist eine Spanierin, davon sieht er so brünett aus, und von ihr hat er auch die Augen. Den ganzen Sommer ist er in Spanien gewesen, sein Vater ist ja spanischer Konsul und hat ein Geschäft, weißt du, so eine Filiale, in Madrid.« – »Hast du denn mal mit ihm gesprochen?« fragte Eva. »Nein, jetzt nicht, aber wir haben früher zusammen gespielt. Ach, sein Vater war ja so dagegen, dass er Musik studierte, er sollte doch eigentlich Kaufmann werden – aber nun hat er's doch erreicht.« – »Na, das wird schöne Kämpfe gegeben haben«, meinte Eva.

Im Musikzimmer stand Generalmusikdirektor Professor Winter mit dem Bürgermeister zusammen. »Da ist er ja, unser junger Mozart«, rief der Bürgermeister. »Lampenfieber? Tritt sie nieder, die Bestie Publikum.« – »Hab' keine Angst«, sagte Juan lächelnd und zeigte sein blendendes Gebiss. »Gott, Otto«, sagte der Bürgermeister, »erinnerst du dich noch, als wir damals, so vor fünfzehn Jahren, dein erstes Werk, die ›Frühlingssymphonie‹, aufführten? Na, da hast du schön gebibbert.« – »Komponieren Sie gar nicht mehr?« fragte Juan. »Nein«, sagte Winter, »ich bin der Ansicht, dass man überhaupt nichts machen soll, wenn man nicht das ganz Vollkommene machen kann. Halbtalente haben wir genug. Da halt' ich mich lieber an die großen Meister.« – »Schöne Ansicht, wo kämen wir damit hin?« sagte der Bürgermeister. »Das bedeutet Erstarrung, mein Lieber, aber wir müssen weiter, brauchen junges, neues Leben.« – »Na, ich geh' nun rein«, sagte Winter, »folgen Sie mir in ein paar Minuten – und alles Gute.« Matt drückte er ihm die Hand und sah ihn kaum an mit seinen grauen, toten Augen. So blass war sein Gesicht. »Verkalkt, verkalkt«, murmelte der Bürgermeister, »ich kann Ihnen sagen, das war nicht leicht, Ihr Opus bei dem da durchzusetzen. Nun zeigen Sie ihm mal, was Sie können, bringen Sie mal etwas frischen, scharfen Wind in die alte Bude – ach, herrlich, so jung zu sein und mal ordentlich reinzuhauen ...« – »Zirkusbeginn!« las Frau Frese, die Garderobenfrau, in ihrem Roman ›Asta, die Tochter der Luft‹. »Scheinwerferlicht, Pferdegeruch, Marschmusik, die Ränge schwarz von Menschen, der Direktor zieht mit den Artisten in langem Zug in die Manege, die Clowns überkugeln sich – oh, Zirkusluft!« – In der vierten Reihe saß Fräulein Brandes, die Klavierlehrerin, fünfunddreißig Jahre alt, blond und zart. Was kommt nun? Ah, das moderne Stück ›Spanische Suite‹ für Geige und Orchester von Juan Bulthaupt, Uraufführung. Da steht er ja schon mit seiner Geige, Winter flüstert ihm noch was zu. So jung und darf schon in einem Konzert auftreten mit einer eigenen Komposition. Nie werde ich in einem Konzert auftreten – nie, nie, und doch ist Musik das Schönste in meinem Leben, was hab' ich sonst von meinem Leben? »Jetzt geht's los«, flüsterte Lili Bracksieck und betrachtete Juan durchs Opernglas. Juan stand ruhig vorm Orchester neben dem Dirigentenpult, er hatte die Geigensaiten noch einmal geprüft, nun stand er da und sah kühl und abwartend ins Publikum, die Geige unterm Arm, ein weißes Seidentuch in den Kragen geschoben. Er verachtet sie alle, dachte Lili Bracksieck, er ist ein Prinz, ein spanischer Prinz ... »Stange, endlich«, sagt Winter und schüttelt missbilligend den Kopf, »wie können Sie jetzt weglaufen.« – »Oh, Herr Professor«, sagt Heinz Stange und strahlt über sein gutes, rundes, rotes Gesicht, »entschuldigen Sie, ich habe mit der Klinik telefoniert, meine Frau hat einen Jungen geboren, jetzt gerade, nun denken Sie mal, und man hat mir gesagt ...« – »Schon gut, Stange, gratuliere, aber nun setzen Sie sich, erzählen Sie mir das später, das geht doch jetzt nicht.« – Der Bürgermeister trat in die Loge und beugte sich zu Konsul Bulthaupt runter: »Na, sind Sie nun nicht doch ein wenig stolz auf Ihren Filius?« – »Abwarten, abwarten. Mir wäre lieber, er wäre ein tüchtiger Kaufmann geworden als so ein Zigeuner mit der Geige. Die schöne, alte Firma, von Generationen aufgebaut – das wird beiseitegeschoben, als

wär's gar nichts.« – »Hat er nicht eine fabelhafte Haltung, der Junge?«
sagte Teresa Bulthaupt gerührt. »Er ist eben ganz die Mutter«, flüsterte
ihr der Bürgermeister galant ins Ohr.

Winter hob den Taktstock – los! Erster Satz: »In der Schenke«.
Allegretto vivace. Aufreizendes Gezupf der Geigen, scharf und abge-
hackt, Klappern der Kastagnetten, dumpfes Bum-Bum-Bum der
Trommeln, Flöten schrillen dazwischen, frech und quäkend, immer
schneller, immer schärfer und härter, aufstachelnd zum Tanz, zum
Wirbel – ein Tumult, chaotisch zerreißend und doch zusammengehal-
ten, zusammengezwungen durch diesen eckigen, brutalen Rhythmus.
Sie tanzen, sie lachen, sie trinken und schreien, in einer Schenke, die
Wilden, die Feurigen, stampfen und werfen sich nach hinten, he, olé,
Tücher fliegen, Röcke schlagen flammende Räder, Messer blinken,
und da, da, auf dem Höhepunkt – da bricht es ab, Pause – und Juan
hebt langsam die Geige ans Kinn, hebt sie ganz hoch, die Hand am
Geigenhals, und stürzt sich – ruck – in das neu ausbrechende Gekra-
che. Die schwarzglänzenden Haare fallen ihm über die Stirn, zerstört
der spiegelnde Scheitel; er wirft sich hin und her, stampft auf mit
dem Fuß und summt durch die Nase die heiße, trockene Melodie
mit, die nun aufsteigt wie eine glutrote Rakete und sich königlich
entfaltet über all dem hämmernden Gebrodel. Komödiant, denkt
Winter, schon wieder diese Varietémanieren. – Tanzen, tanzen, denkt
Lili Bracksieck, o mit ihm in Spanien tanzen! Ich als Carmen, im
schwarzen Seidenkleid mit der Mantille, girrend hinterm Fächer, Rose
hinterm Ohr, Kastagnetten klappernd. Ach, ich bin keine Carmen,
und was wird er für Frauen kennengelernt haben in Spanien. Und
ich muss in Herrn Baumbachs Tanzstunde tanzen. – Warum soll ich
die Weser-Aktien nicht nehmen, denkt Willy Mertens, warum soll
ich Besselmann nicht vertrauen? Es ist nicht der erste gute Tip, den
er mir gegeben hat. Ich nehme die Weser-Aktien. Und die Geigen
zucken herausfordernd: nimm die Weser-Aktien, nimm die Weser-
Aktien. Anita neben ihm denkt plötzlich: Himmel, hab' ich den
Wasserhahn von der Badewanne abgedreht? Wenn das Wasser nun
weiterläuft, im Badezimmer, in die Stube, durch die Decke? Heinz
Stange bläst mit dickgeblähten Backen die metallisch schmetternde
Trompete: ein Junge, ein Junge, o Gott, ein Junge. – Und Frau Frese,
die Garderobenfrau, draußen in dem Gang, liest in ihrem Roman:
»›Fernando‹, ruft Asta in wilder Verzweiflung, ›gib heute Abend auf

den Clown Alfio acht, er führt was im Schilde, ich fühle es.‹ Aber Fernando, der junge, der strahlende, lächelt nur: ›Ach was.‹« Frau Dieckmann, die mit Frau Frese an derselben Theke die Garderobe bewacht, tritt zu ihr: »Oh, ich habe heute wieder solche Ischiasschmerzen, ich kann nicht stehen und nicht sitzen, weißt du denn kein Mittel?« – »Da nützt nur Wärme«, sagt Frau Frese, »aber nun stör' mich doch nicht, ist gerade so spannend, die Geschichte.« – »Wärme, das ist schön gesagt. Und dabei zieht es hier so scheußlich. Das ist ja das reine Gift für mich.«

Kurze Pause zwischen zwei Sätzen. »Sie müssen sich etwas mäßigen«, sagte Winter zu Juan. »Im Gegenteil, feuriger müsste alles sein, die Tempi waren zu langsam, immer noch zu langsam«, sagte Juan leise und kalt. »Angsthase, kleines Dummerchen«, sagte Willy Mertens, »natürlich hast du den Wasserhahn abgedreht, nun bilde dir doch nichts ein.« – »Meinst du?« sagte Anita und sah ihn erleichtert und dankbar an. Wie hübsch sieht sie jetzt aus, dachte Willy Mertens, die geröteten Backen, die strahlenden Augen, die zarte Haut, die leichten, hellen Haare an der Schläfe, und wie süß duftet das Veilchenparfüm, das ich ihr zu Weihnachten geschenkt habe – ein kleines Mädchen ist sie ja noch, ein Kind, ich müsste mich viel mehr um sie kümmern, ich bin nicht gut genug zu ihr – dann begann der zweite Satz: »Die Alhambra«, Andante, ernst und feierlich, voll und weich. Juan schmiegte seinen schmalen Kopf sanft an den Geigenleib, und eine satte, inbrünstige Melodie erklang, nachtdunkel, durchtränkt von Wehmut und Schwärmerei. »Alhambra? Was ist das noch?« fragte Anita. »Ach, das ist so ein großes, altes maurisches Schloss, so ein Kastell, weißt du, in der Nähe von Granada, wo die arabischen Könige wohnten, genau kann ich's dir auch nicht sagen«, sprach Willy Mertens leise. »Danke«, hauchte Anita, »du weißt aber auch alles«, zärtlich strich sie ihm über die Hand. Da umfasste er ihre Hand, drückte sie, streichelte sie, und so saßen sie da, die Hände ineinander. – Schön, dachte Fräulein Brandes, die Klavierlehrerin, und lehnte sich in ihren Stuhl zurück, ich liebe die langsamen Sätze, das Traurige, Ernste und Feierliche, – das Bewegte, Heitere und Lustige ist nicht meine Sache. Das kommt wohl daher, weil ich so einsam bin. Spanien – ja, da müsste man hinreisen, da würde man was sehen und erleben. Aber so allein, nein, da habe ich keinen Mut. Es ist verkehrt, dass ich jeden Sommer in die Lüneburger Heide fahre. Ach, mir fehlen die Flügel, mir sind die Flügel beschnitten. – »Sieh dir mal seine Hände an«, sagte Lili Bracksieck zu Eva Lohmann und gab ihr das Opernglas, »was hat er für wunderbare Hände, so schlank und braun und nervig.« – In der Ecke des Saals saß der Musikkritiker Dr. Hellmers vom Stadtanzeiger, er hatte eine Künstlermähne und einen Zwicker auf der Nase und machte sich fortwährend Notizen. Er ist ein Teufelskerl, ein Wunderknabe, dieser junge Bulthaupt, ein raffinierter Koloristiker. Wie er da nun diese arabischen Klangfarben rauskriegt, famos. Natürlich, man merkt die Abhängigkeit von Richard Strauß, Debussy und Respighi, das muss ich auch betonen, aber es ist doch eine Geschlossenheit, Architektonik, monumentale Struktur zu erkennen, die die neue Generation ankündigt … Teresa Bulthaupt träumte vor sich hin: die Alhambra! Maurische Bogen und Gänge, Höfe und Moscheen im warmen Mondenschein, das Gras wuchert wild und hoch, die Springbrunnen rauschen, Liebespaare flüstern in den Nischen … Ach, war es eigentlich richtig, dass ich von Spanien fortgegangen bin? Hier bin ich eine Fremde und bleibe ich eine Fremde, nur Juan versteht mich. Konsul Bulthaupt dachte: Da steht er nun, der Junge, und spielt von Spanien, von Teresas Spanien. Hat er überhaupt etwas von mir? Kann ich ihn verstehen? Früher hätte ich ihn vielleicht verstanden, als ich Teresa kennenlernte, jetzt bin ich zu alt und zu kalt. Der Bürgermeister hinter ihm überlegte: Begreif' ich etwas von Musik, oder bin ich zu plump und zu banal? Schön klingt das, so zart, so traurig, aber ich glaube, im Grunde bin ich unmusikalisch. – Im Rang, in der ersten Reihe, saß der junge, neue Stadtbaurat Wilkens, schmales, scharfes Gesicht, energievolles Kinn, unruhig schweifende Augen: Ich muss unbedingt noch mal nach Spanien reisen, den maurischen Einfluss auf den Baustil studieren, interessante Sache, wird ähnlich sein wie in Sizilien. Heute Abend gleich noch mal die Alhambra ansehen, ich hab' da doch ein Buch … Und Juans Geige, das ganze. Orchester sang in warmen, satten Trauerklängen: Alhambra – Granada – Nacht – Mondschein – Vergänglichkeit.

Still und wie träumend saßen die Leute in der Pause. Der erste Geiger beugte sich zu Juan vor: »Merken Sie, wie das Publikum mitgeht? Sie haben gewonnen.« – »Glauben Sie?« sagte Juan und lächelte schüchtern. Er sah rüber zu seiner Mutter, sie sah ihn an, traurig und glücklich, sie nickten sich zu. Kraft durchdrang ihn und Zuversicht. »Weiter«, rief er Winter zu. »Immer langsam«, sagte Winter. »Nein,

nein, nicht langsam«, sagte Juan, »jetzt aber mit Schwung!« Grau im Gesicht und schlapp stand Winter da und blickte leer und unglücklich über das Orchester. Scheußlich war das, der junge Kerl, der schaffte es nun, hatte einfach die Kraft, und ich muss ihm noch helfen bei seinem Erfolg. Übelkeit kam in ihm hoch, aber dann straffte er sich, nur nichts merken lassen, Haltung, Haltung, nur nichts vorm Orchester merken lassen, oder hatten sie es schon erkannt, sahen sie ihn nicht alle so höhnisch und schadenfroh an?

Dritter Satz: »Der Ruhm des Torero«, beginnend mit einem blitzenden Allegro con brio. Dröhnende Marschrhythmen, festlicher Jubel, Blechgeschmetter. Die Sonne brannte glühend, die Arena wogte, die Kämpfer zogen auf, der Held wird gefeiert, der große Torero, der berühmteste, die Frauen jauchzen ihm zu, dicke Sträuße fliegen in die Arena, knallrot die Baldachine, Tücher und Fahnen, Stiergebrüll, ein strahlender Tag. Juan spielt singend, scharf mit dem Fuß taktierend, das Kämpfermotiv, sein Gesicht ist blass und starr vor Gespanntheit, mitgerissen folgt das Orchester. »Ist er nicht herrlich?« flüstert Lili Bracksieck jubelnd. »Dieses Temperament, nun ist ihm alles egal.« Ja, fühlt sie, ein Zigeuner ist er, er rast auf einem wilden Pferd über die Steppe und singt – und dann steht er breitbeinig auf dem Tisch in dem Wirtshaus und spielt die Geige, und alle Mädchen sind ihm verfallen. – Triumphierend bläst Heinz Stange die Trompete: Er ist da, er ist da, also doch ein Junge! Sophie, sagt' ich es nicht? Ja, damit wirst du dich nun abfinden müssen. Und ein Trompeter wird er, das ist doch ganz klar. – Mut, mehr Mut müsste ich haben, denkt Fräulein Brandes, die Klavierlehrerin, ich müsste mich mehr unter Menschen wagen, warum bin ich diesen Winter nicht auf den Ingenieur-Ball gegangen, dann hätt' ich Herrn Bäcker wieder getroffen, so übel war er doch gar nicht, natürlich, das Ideal ist er nicht, aber ich kann doch nicht bis an mein Lebensende diese Klimperstunden geben! – »Ich kaufe das Haus in der Parkallee, dann hast du deinen Garten, ich hab' mich eben entschlossen«, flüstert Willy Mertens Anita zu. »O Willy«, ruft Anita leise. »Ja«, sagt Willy Mertens, »du und Lotti, ihr braucht mehr Luft und Sonne. Dann kann Lotti doch schön im Garten spielen.« Im Garten spielen, im Garten spielen. – Stadtbaurat Wilkens wird ganz aufgeregt: Der Philharmonie-Saal muss umgebaut werden, dass ich das jetzt erst sehe. Ich muss noch heute Abend mit dem Bürgermeister sprechen. Völlig veraltet. Weg die Karyatiden, der Stuck, die Säulen, die Deckenmalerei, die protzigen Kronleuchter – alles abgerissen – ein klarer, heller, schlichter Saal, schmucklos, mit indirekter Beleuchtung. – »In riesigen Sprüngen, wie ein Panther«, las Frau Frese, die Garderobenfrau, »lief Fernando die Ränge hinauf zur Zirkuswand und riss den Clown Alfio an der Schulter herum: ›Schuft, was arbeitest du da mit der Feile an dem Eisendraht?‹ Es war der Draht, der das Trapezgestänge oben festhielt. Tief erschrocken, feige und tückisch sah Alfio ihn an: ›Ich wollt' da was in Ordnung bringen‹, murmelte er. ›Scher' dich zum Teufel‹, rief Fernando und stieß ihn die Treppe hinunter, ›wir sprechen uns später.‹« – Musikkritiker Dr. Hellmers notierte mit fiebernder Hand: »Das ist Süd-Musik, wie sie Nietzsche erträumte, der Süden Mérimées, Bizets und Verdis, scharfes, helles Licht, trockne, heiße Luft, elementare Leidenschaft, naive Sinnenfreude, Verismus, heiter noch im Tragischen. Nur einer, der diese Welt im Blute hat, kann solche Töne finden ...« Klirrend und grell schließt der Satz, Beifall bricht aus, plötzlich, Rufe: »Bravo, bravo.« Winter winkt schnell ab, hebt schon wieder den Taktstock, Ruhe, Ruhe, – und der letzte Satz beginnt: »Südliches Meer«.

Das ist nun – nach all dem Lauten und Bewegten – wie ein stilles Aufatmen, ein ruhiges, großes Sichverströmen. Das helle, blaue, glitzernde Meer im Mittagsglanz, ganz durchsichtig, in zarten Dunstschleiern, weiße Segel weich sich in der Luft lösend, unbändige Sonnenfülle, vollkommener, seliger Augenblick. Über dem flimmernden Silberglanz der Geigen und Flöten und Harfen zieht Juans einsamer Gesang ganz hoch und leicht und zart, verschwebend, verhauchend im wolkenlosen, tiefen Blau. Ein weißes Licht durchflutet den Saal. – Nun weitet sich die Musik ins Kosmische, denkt Dr. Hellmers, der Musikkritiker. – Ja, ich will diesen Sommer nach Norderney fahren, entschließt sich Fräulein Brandes, am Strande laufen, mit nackten Füßen, baden. – Und alle anderen im Saale schwingen, klingen, singen mit: im Garten spielen mit Lotti – ein Junge, ein Junge – er ist ein Zigeuner, ein spanischer Prinz – der Saal muss umgebaut werden, ganz schlicht und weiß muss er sein – das ist Süd-Musik, wie sie Nietzsche erträumte – Spanien, o Spanien ... Und Frau Frese, die Garderobenfrau, liest: »Da schwebten sie nun oben in der Kuppel des Zirkus, angestrahlt vom Scheinwerferlicht, leicht und weiß wie Vögel, im Takt der Musik, trafen sich, umschlangen sich, lösten sich, Asta und Fernando, die Königskinder der Luft, und die silbernen Schaukeln glänzten. Unten aber, am Manegeneingang, stand Alfio, der Clown, ohnmächtig bebend, und schaute hasserfüllt zu ihnen hinauf.«

Da hört Frau Frese den Beifallssturm im Saal, das Konzert ist zu Ende, die Saaltüren öffnen sich, die ersten Leute kommen zur Garderobe, seufzend klappt Frau Frese den Roman zu und legt ihn unter die Theke. Im Saal wildes Geklatsche, die Leute strömen vor zum Orchester, ich muss ihn doch noch mal sehen, bravo Bulthaupt, das war fabelhaft, bravo, bravo, komm, klatsch doch ordentlich, das hat er verdient, mein Gott, wie bescheiden verbeugt er sich, wie linkisch, ein sympathischer Junge, sieh mal, da schleppen sie ja Blumen heran, Kinder, was für'n großer Korb, und all die Sträuße, was für eine Fülle. »Die Rosen da, siehst du, an denen er jetzt riecht, die sind von mir«, kichert Lili Bracksieck hochrot Eva Lohmann zu. Als Juan aus dem Saal lief, trat ihm Heinz Stange entgegen. »Herr Bulthaupt, ich hätte eine große Bitte. Ich habe eben erfahren, dass meine Frau einen Jungen geboren hat, nun wollte ich zu ihr in die Klinik und habe gar keine Blumen.« – »Da, nehmen Sie«, sagte Juan und stopfte ihm Lili Bracksiecks Rosen in den Arm.

Im Musikerzimmer fiel Teresa Bulthaupt ihrem Sohn um den Hals: »Mein Juan, mein kleiner Juan, das hast du schön gemacht, o deine Mami ist ja so stolz auf dich. Du wirst noch ein ganz, ganz großer Künstler. Papa, begreifst du nun endlich, dass er ein Erz-Musiker ist?« Der Bürgermeister schüttelte Juan herzhaft die Hand: »Na, wie haben wir das Kind geschaukelt? Toll, mein Lieber, das hatte Schmiss mit dem Torero, Donnerwetter noch mal, Bulthaupt, wenn Sie noch immer nicht einsehen, dass das mehr ist als doppelte Buchführung und Tabakimport, dann kann ich nur sagen: Sie sind ein Tyrann, ein Ignorant, ein Banause.« Konsul Bulthaupt lächelte etwas gequält und hilflos: »Nein, nein, ich sage nun gar nichts mehr, mach man so weiter, mein Junge, du hast schon recht.« – »Mein guter, alter Papa«, sagte Juan leise und strich seinem Vater über die Schulter. Winter stand abseits an einem Tisch und blätterte in einem Notenheft. »Otto«, sagte der Bürgermeister zu ihm, »nun gib dir doch mal einen Ruck und sieh die Sache etwas überlegener und freier an, spiel doch nicht die gekränkte Leberwurst. Was hat dir denn der Junge getan? Er kann eben was, damit musst du doch fertig werden.« – »Ja, ich bin ein Esel, ein blöder, kleinlicher Esel.« Winter sah einen Augenblick den Bürgermeister an, und es zuckte um seinen Mund. Dann ging er auf Juan zu und streckte ihm die Hand hin: »Es ist mir nicht leicht gefallen, Sie zu bewundern, Sie werden das vielleicht einmal verstehen, wenn Sie älter sind, aber ich bewundere Sie, Sie sind was, Sie können was.« – »Oh, Herr Professor, dass Sie das sagen«, Juan war tiefrot geworden, und seine dunklen Augen leuchteten warm, »ach, nein, nein, ich muss ja noch so viel lernen.« Stadtbaurat Wilkens drängte sich an den Bürgermeister heran: »Herr Bürgermeister, darf ich Sie einen Augenblick sprechen? Mir ist heute Abend etwas Wichtiges klargeworden. Der Philharmonie-Saal muss umgebaut werden, er ist ja völlig veraltet, ich hab' da ein Projekt ...« Der Bürgermeister nahm ihn unter den Arm. »Na, denn schießen Sie mal los, Wilkens, Sie wissen ja, für Veränderungen und Umwälzungen bin ich immer zu haben.«

Juan öffnete die Tür vom Musikerzimmer und trat auf den Balkon. Einen Augenblick allein sein, frei durchatmen. Dort unten lag dunkel die Stadt. Ein weicher, föhniger, feuchter Wind, man spürte schon das nahende Frühjahr. Der Schnee schmolz von den Dächern und rieselte auf die Straße. Es war ein Rumoren und Ziehen und Drängen in der Luft, und Juan presste die Fäuste an die Brust und atmete tief die Frühjahrsluft in sich ein, seine Brust dehnte sich, dass das weiße, steife Hemd knackte. Oh, es war großartig, und alles erst ein Anfang!

Das magische Kabinett

Anton, ein junger Kaufmann aus Bremen, fuhr aus dem Schlaf in die Höhe, die Balkontür stand offen, das Meer flimmerte im Mondenschein, still war es im »Kaiserhof«, nur vom Strande tönte das hohle Rauschen der Wellen herauf. Was war los? Hab' ich nicht eben noch einen dumpfen Schlag gehört? Er musste auf einmal an den unheimlichen Menschen denken, der seit Tagen die Insel terrorisierte. In immer neuen Gestalten drang er nachts in die Hotelzimmer und schreckte die Gäste und bestahl sie, und immer kam er als ein anderer, so dass man nicht wusste, war das nur eine Person oder eine ganze Bande. Wäre doch erst der berühmte Detektiv aus Berlin da, den man in den nächsten Tagen erwartete, dann bestand doch Hoffnung, dass dies Schreckgespenst endlich gebannt wurde. Der klare, runde Mond spiegelte sich in der großen Scheibe des Kleiderschrankes, der Anton gegenüber an der Wand stand. Aber was war das? Der Mond bewegte sich in dem Spiegel, begann in ihm zu wandern, zu zittern, seine Form zu verändern, die Schranktür knarrte, öffnete sich, öffnete sich weit – und in dem Schrank zwischen Antons Anzügen stand eine dunkle Gestalt, mondbeschienen, ein Mann im Frack, ein Cape über der Schulter, einen Zylinderhut in der Hand, bleich das Gesicht, mit großem hochgezwirbeltem Schnurrbart, diabolischem, spitzem Kinnbärtchen, die Augen starr und stechend auf Anton gerichtet, und der Mann sprang elegant aus dem Schrank, sein Cape flog im Mondenschein, er verbeugte sich und schwang triumphierend den Zylinder: »Voilà!« Anton saß aufrecht starr im Bett, wollte schreien, konnte nicht, wollte die Hand zur Klingelschnur heben, die dicht neben dem Bett hing, aber schon beugte sich der Mann über das Bett, holte eine kleine Schere heraus und schnitt hoch oben die Klingelschnur ab, wie eine Schlange fiel das abgeschnittene Ende in Antons Schoß. »Bitte, bleiben Sie in dieser hübschen Pose, rühren Sie sich nicht – warum sollen wir uns das Leben schwerer machen, als es so schon ist?« sagte der Mann liebenswürdig-kalt mit einer metallharten Stimme und ließ einen kleinen Browning zwischen den Fingern blinken. »Ach, das ist nett, dass Sie bereits alle Ihre bescheidenen Wertsachen auf dem Nachttisch für mich parat gelegt haben – sehen Sie – hokus, pokus, fidibus«, und er strich mit graziösem Schwung Brieftasche, Geldbörse, goldene Uhr und goldene Kette (Anton hatte sie gerade von Onkel Henry geerbt) in den Zylinderhut. »Aber ich vermisse noch die Schlipsnadel mit der großen Perle, die Sie so stolz zu tragen pflegen. Nun, wo ist sie?« – »Weiß ich nicht, sag' ich nicht«, stieß Anton hervor. Oh, ich bin eine Memme, dass ich nicht auf den Balkon hinausspringe und schreie, schreie. »Aber, aber – ist das ein Benehmen? Sieh, da kommt ja schon wieder der kleine Frechdachs aus der Tasche. Ja, was willst du denn, mein Junge?« Der Herr im Frack legte sein Ohr an den Browning. »Pfui, sei doch nicht so ungezogen, so stürmisch. Wissen Sie, was er meinte? Ich will's lieber nicht sagen. Es war zu frech. Also, wo ist die Perle, hm?« – »Sie steckt noch im Schlips, der da überm Stuhl hängt«, brummte Anton, »aber sie ist ja gar nicht echt.« – »Na also, warum dann die Aufregung? Freuen Sie sich, dass Sie das Ding los sind. Talmi-Schmuck, wie unsolide. So, nun muss ich aber machen, dass ich weiterkomme, hab' noch allerlei zu tun hier im Hotel, und die Nachtstunde ist schon weit vorgeschritten. Damit Sie aber fein artig sind und die Gäste nicht durch ungehöriges Lärmen um ihren wohlverdienten Schlaf bringen, so erlauben Sie wohl, dass ich Ihnen diesen kleinen äthergetränkten Wattebausch an die Nase halte, man schläft herrlich danach, aber nun zieren Sie sich doch nicht, so, sehen Sie, nun sind Sie endlich vernünftig, tief atmen, so, so, so ...«

Am nächsten Morgen stellte es sich heraus, dass der Herr im Frack tatsächlich nicht nur Anton, sondern noch fünf andere Gäste des »Kaiserhofes« in der Nacht besucht und in launig-grausamer Weise um einige überflüssige Besitztümer erleichtert hatte. Zum Glück traf am Mittag der berühmte Detektiv Herr Boltz aus Berlin, den man erst in den nächsten Tagen erwartet hatte, auf der Insel ein, ein energischer Herr mit stachliger Bürstenfrisur, dicken Augenbrauen, durchdringendem Blick und knapper Sprechweise. Er stieg im »Kaiserhof« ab, und gleich bei seiner Ankunft übergab ihm der Portier einen Brief: »Nun lesen Sie das! Nun lesen Sie das!« rief Herr Boltz, wie von der Tarantel gestochen, und gab den Brief den Umstehenden. »Warte, Bursche, dir soll der Humor bald vergehen! Boltz fackelt nicht lange!« In dem Brief war zu lesen:

»Gruß und Segen, mein Meister! Endlich ein Mann von Format auf der Insel, ein Mann, vor dem unsereiner Respekt haben kann. Wie langweilig war der Kampf mit diesen schlappen Philisterseelen und Dilettanten. Nun gibt es echte Gegnerschaft, dramatisches Gegeneinander. Zugleich regt mich Ihre werte Person zu einer neuen Maske an. Der Himmel gäbe, dass ich den kurzen Haarschnitt und die dicken Augenbrauenpolster naturgetreu treffe. Leider ist meine Figur etwas zu groß und zu schlank für einen richtigen Boltz, aber was mir an Gestalt abgeht, will ich durch mimischen Ausdruck, durch detektivisches Blitzen der Augen zu ersetzen, ja, zu übertreffen versuchen. Sollten Ihre Bemühungen diesmal nicht von Erfolg gekrönt sein, so trösten Sie sich damit, dass eine Reise an die See doch immer ihre Reize hat. Ja, nutzen Sie die Gelegenheit und mieten Sie sich einen Strandkorb und vergessen Sie im träumerischen Anschaun des Wellenspiels wenigstens für Augenblicke die Existenz Ihres Sie tief bewundernden Proteus.«

»Du gehst mir doch noch ins Netz, mein Proteus«, murmelte Herr Boltz und entfaltete unverzüglich eine fieberhafte Tätigkeit, versammelte einen Trupp Polizisten um sich und gab jedem einzelnen seine Direktiven, sah die Kurliste durch, ließ sich über alle verdächtigen Gestalten der Insel Bericht geben und unterzog alle Personen, die Herr Proteus mit seinem liebenswürdigen Besuch beehrt hatte, es war bereits eine überaus stattliche Anzahl, einem ganz genauen Verhör. Aber die Gestalt des Verwandlungsfähigen wurde dadurch nicht deutlicher, alle Aussagen widersprachen sich. Einmal war er als der gute alte Fürst B., der alljährlich die Insel besuchte, ein andermal als der bekannte Seifenfabrikant aus Chemnitz, der am Strande eine Villa besaß, dann wieder als der joviale, lustige Kurdirektor aufgetreten, und jedesmal hatte er getreulich das Wesen der Betreffenden nachgeahmt.

»Wären Sie nicht ein solcher Schlappschwanz gewesen, wir hätten ihn schon«, sagte Herr Boltz zu Anton. »Sitzt da im Bett und rührt sich nicht.« – »Herr Boltz, das nehmen Sie zurück«, rief Anton, »er hatte einen magischen Blick, er hat mich hypnotisiert.« – »Als er zum Stuhl ging, um die Nadel zu holen, wie leicht hätten Sie ihn da von hinten packen können. Keinen Mumm in den Knochen, das ist alles.« – »Wie wissen Sie, dass die Nadel beim Stuhl war?« fragte Anton überrascht. »Kombination, Intuition, mein Lieber«, funkelte Herr Boltz ihn an, »haben Sie mir nicht gesagt, dass die Nadel noch im Schlips steckte? Na, und wo pflegt man den Schlips hinzulegen? Auf den Anzug, der überm Stuhl hängt.«

Verärgert über Herrn Boltzens ruppiges Wesen und nicht recht zufrieden mit sich selber, ging Anton an den Strand und machte eine große Wanderung, um auf andere Gedanken zu kommen. Bald hatte er den belebteren Teil des Strandes mit seinen Burgen, Badenden, Strandkörben, Badekarren und wehenden Flaggen hinter sich, der Strand wurde einsam und leer, breit und weiß, auf der einen Seite das Meer, auf der anderen die Dünen mit dem falben Dünengras; da lagen unberührt die schönen großen Muscheln, die gläsernen Quallen, nur hin und wieder noch traf Anton auf ein Kind, das einen Drachen stramm an der Leine hielt; oh, hier war Frieden, hier konnte man aufatmen und allen Ärger vergessen. Sein Schritt wurde immer munterer und kühner, er begann zu summen, zu singen und schwenkte kämpferisch sein dünnes Pfefferrohrstöckchen, das er immer bei sich trug. Das war das letzte Mal, dass ich mich so überrumpeln lasse! Man muss Jiu-Jitsu können, ja, gleich wenn ich nach Hause komme, will ich Jiu-Jitsu lernen. Und dann komm mal an, Proteus. Ein Ruck – und du liegst am Boden. Doch allmählich erlahmt auch der kühnste Schwung. Anton kraxelte auf eine hohe Düne, um sich ein wenig auszuruhen. Der Wind ließ immer mehr nach, wurde zu einem sanften Fächeln, es war die Stunde der blauen Nachmittagsstille, warm war der Sand, weiß und zuckrig, und Anton ließ ihn gedankenlos durch die Finger rinnen und schaute dabei auf einen großen Ozeandampfer, der fern am Horizont hinfuhr, der Rumpf schwarz, mit weißem Aufbau, gelben Schornsteinen und einer niedlichen Rauchfahne – hinfuhr in ferne Länder, in den Süden, in die Südsee. Ach, es fasste Anton eine so bittere Wehmut, mitzufahren, fort von allen Inseln, wo es so scheußliche Proteuse gab, und plötzlich fielen ihm Verse ein, richtige Verse, die sich reimten, denn er war nicht nur ein tüchtiger Kaufmann, sondern auch ein heimlicher Dichter:

In der Südsee liegt eine Insel
Im blauen Meer,
Der Strand ist weiß
Und die Bäume
Von glühenden Früchten schwer.

Oh, das muss ich mir aufschreiben. Schnell holte Anton sein Notizbuch heraus. Wie geht das weiter?

Dort gehn die Menschen unschuldig
Sanftbraun und nackt
Und lachen so gut,
Wie mich Heimweh
Nach dieser Insel packt.

Anton sagte sich die Verse noch einmal laut und mit klangvoller Stimme vor. Da hörte er dicht neben sich einen Seufzer. Er drehte sich rum und errötete: »Mein Gott, wie peinlich.« In einer Dünenmulde saß ein junges Mädchen, mit hochgezogenen Knien, eine rundliche Blondine in einem weißen Mullkleid, das mit blauen Vergissmeinnicht bestickt war, und neben ihr stand aufgespannt ein roter Sonnenschirm, und das Mädchen sah Anton so freundlich und traurig an aus ihren hellen, grauen Augen. »Ja, auf so einer Insel, da möchte man leben«, sagte das Mädchen. »Haben Sie es auch satt, möchten Sie auch fort?« fragte Anton und setzte sich neben sie. »O so satt«, sagte das Mädchen, »ich möchte endlich meine Ruhe haben. Dies Wanderleben, ich sage Ihnen, bis hierher steht es mir. Und dann die ewige Aufsicht. Vierzehn Tage sind wir nun schon hier, aber glauben Sie mir, dies ist der erste Nachmittag, den ich allein bin. Und auch nur deshalb, weil ich meinem Vater einfach ausgekniffen bin.« – »Warum lässt er Sie denn nicht allein«, fragte Anton. – »Weil er Angst hat, dass ich irgendeine Herrenbekanntschaft mache – er fürchtet, mich zu verlieren, und er braucht mich doch bei seiner Arbeit, ich bin doch sein Hauptclou. Ich kann ihn ja verstehen, aber sehen Sie, andererseits möchte ich doch auch so gerne heiraten. Ich passe ja gar nicht für dies Wanderleben. Ich möchte so gerne einen eigenen Haushalt haben und Kinder kriegen und kochen, ich bin keine Künstlernatur, und ex will mich partout dazu machen.« – »Was sind Sie denn, sind Sie Schauspielerin? Wer ist Ihr Vater?« – »Haben Sie schon mal von Bufferini gehört?« fragte das Mädchen. »Bufferini?« sagte Anton. »Das ist doch der Zauberkünstler, der jetzt im Konversationshaus auftritt.« – »Ja, das ist mein Vater.« – »Ein Zauberkünstler?« rief Anton. »Und Bufferini – dann sind Sie wohl gar eine Italienerin?« – »Nein, nein«, sagte das Mädchen, »wir heißen in Wirklichkeit Baumann und sind aus Hannover.« – »Und Sie müssen auftreten, mit Ihrem Vater zusammen?« – »Ja, ich helfe ihm, muss ihm die Geräte reichen, alles sauber halten, die Maschinerie bedienen, und dann bin ich doch seine Hauptnummer.

Ich bin ein großartiges Medium für ihn. Er hypnotisiert mich, und dann habe ich ganz fabelhafte hellseherische Fähigkeiten. Ich hab's ja zuerst selber nicht geglaubt, dass ich das kann, aber es muss ja wohl wahr sein, alle Leute sagen es.« – »Eine Hellseherin sind Sie?« Anton konnte es gar nicht fassen. »Und dabei sind Sie so einfach und natürlich.« – »Bin ich auch«, sagte Fräulein Baumann, »bitte, glauben Sie nicht, dass etwas Geheimnisvolles und Dämonisches an mir dran ist. Ich bin ein ganz nüchternes, vernünftiges Mädchen, und ich möchte auch nichts anderes sein. Aber nun muss ich machen, dass ich nach Hause komme, um acht beginnt ja schon die Vorstellung. Nein, bitte, begleiten Sie mich nicht, Papa könnte uns zufällig sehen – er würde mir furchtbare Szenen machen, er ist ja so reizbar. Wollen Sie heute Abend nicht mal in die Vorstellung kommen? Ja? Oh, das wäre nett!«

Als Anton im »Kaiserhof« ankam, trat ihm Herr Boltz mit grimmigem Gesicht entgegen. »Wissen Sie, wer in meiner Abwesenheit hier war? Proteus! In meiner Maske, als Hans Boltz. Er hat sich meinen Zimmerschlüssel geben lassen und meine ganzen Papiere durchwühlt und flegelhafte Bemerkungen an den Rand meiner Akten geschrieben. Mein Koffer ist aufgebrochen und mein Geld daraus verschwunden. Ein paar Polizisten, die mich aufsuchen wollten, hat er die irrsinnigsten Befehle erteilt, und sie haben sich wahrhaftig düpieren lassen. Stranddisteln sollen sie für ihn in den Dünen suchen! Man fasst sich an den Kopf.« – »Wer garantiert uns nun dafür, dass Sie wirklich Herr Boltz sind und nicht Herr Proteus«, sagte Anton hinterlistig lächelnd, aber auf einmal wurde ihm ganz sonderbar zumut, verwirrt guckte er sich Herrn Boltz an. »Das werde ich Ihnen bald beweisen, dass ich Boltz bin. Proteus' letzte Stunde hat geschlagen. Hier, lesen Sie.« Herr Boltz blätterte die Kurzeitung auf und wies auf eine Anzeige: »Heute Abend erstes Auftreten des weltberühmten Magiers Giacomo Bufferini. Unübertroffener Meister der Zauberei, des Hellsehens und der indischen Geheimkunst. Ausgezeichnet mit der großen Medaille von Mailand. Beginn acht Uhr im kleinen Saal des Konversationshauses.« – »Das ist er«, rief Herr Boltz. – »Unmöglich, das ist ja unmöglich«, sagte Anton. – »Sind Sie hier Detektiv oder ich? Na also! Ich habe sein Bild im Konversationshaus gesehen. Höchst verdächtig. Ich fordere Sie auf, heute Abend mit mir zur Vorstellung zu kommen.« – »Das wäre ja schrecklich«, flüsterte Anton. »Schrecklich?« sagte

Herr Boltz. »Mann, freuen Sie sich doch – heute Abend wird sich alles klären!«

Gegen Abend kam ein stärkerer Wind auf, die verkrüppelten, zähen Bäume, die um den Platz vorm Konversationshaus standen, rauschten, Wolken fuhren über den Himmel und verdeckten für Augenblicke den matt aufglimmenden Vollmond. Auf dem Platz vorm Konversationshaus waren Gerüste für ein Feuerwerk errichtet, das am Abend zu Ehren des Fürsten B., der heute seinen siebzigsten Geburtstag feierte, abgebrannt werden sollte. Lange vor Anfang hatte sich schon eine große Menge versammelt. Herr Boltz und Anton schritten eilig über den Platz ins Konversationshaus. Kaum hatten sie sich auf ihre Stühle gesetzt, den Blick noch einmal über den dichtgefüllten Saal schweifen lassen – es war ein kleiner intimer Raum, weiß und elegant, von duffen Milchglaskugeln erhellt, da erklangen ein paar abgehackte Tanzrhythmen, die Milchglaskugeln erloschen, und Giacomo Bufferini trat vor den roten Samtvorhang, um den ersten Teil des Programms »Doktor Faustus' magisches Kabinett« einzuleiten. Das Rampenlicht zeigte einen Herrn im Frack mit bleichem Gesicht, langem hochgezwirbeltem Schnurrbart und spitzem, diabolischem Kinnbärtchen, der sich graziös verbeugte, seinen Zylinderhut schwenkte, sein kurzes Cape wehen ließ und mit einer harten, schneidenden Stimme maliziös lächelnd sang:

> Ich bin der Doktor Faust,
> Vor dem es allen graust,
> Aus Blech da mach' ich Gold,
> Bin allen Frauen hold,
> Dem Teufel hab' ich mich verschrieben,
> Nun darf ich alle, alle lieben,
> Das Gretchen und die Helena –
> Moment, Moment, gleich ist sie da.
> Euch alle führ' ich hinters Licht,
> Und merkt es nicht, nein, merkt es nicht!

»Verdammt«, flüsterte Anton, »das ist er, das ist der Kerl, der in meinem Zimmer war.« – »Abwarten, wollen ihn erst noch etwas beobachten, um ganz sicher zu gehen«, antwortete Herr Boltz. Der rote Samtvorhang glitt auseinander, Doktor Faust stand in seinem magischen Kabinett. Ein reizend eingerichtetes Zimmer, ein kleiner Salon mit grüner Seidentapete, einem schöngeschwungenen Biedermeiersofa, das blauseiden überzogen war, Marmortischchen, auf denen Glaskästchen, Flaschen, ein Goldfischbehälter, ein Vogelbauer, Vasen und hohe Palmen standen, am Boden schwarzlackierte Truhen, an den Wänden altertümliche Porträts und Musikinstrumente, von der Decke hing ein kleiner Kristalllüster, der den Salon strahlend erhellte. Doktor Faust warf sein Cape auf einen Stuhl und tanzte mit eckigen Bewegungen durch das magische Kabinett und summte: »Ich bin der Doktor Faust, vor dem es allen graust.« Und dann vollführte Doktor Faust, immer tanzend und summend und leise hart auflachend, die tollsten Kunststücke. Er nahm ein Kartenspiel vom Tisch, und die Karten flogen langsam, einzeln, aus seiner Hand an die Wand und blieben dort sitzen, er zerschnitt einen großen Bogen Seidenpapier, den er zusammengefaltet hatte, wie kreuz und quer in fiebernder Eile, und es entstanden die wunderbarsten Ornamente, er holte aus seinem Zylinderhut ein kleines rosa Kaninchen, setzte es auf einen Stuhl, deckte ein Tuch darüber, und als er es wieder wegzog, stand eine Palme da – Eier liefen über seine Schulter den Arm hinunter und verwandelten sich in seiner Hand in Küken – roter Wein in einem Glase wurde blau und weiß und grün – die Bilder an den Wänden begannen sich zu bewegen und ihre Plätze zu verändern – eine Lampe auf dem Tisch führte einen kleinen Tanz auf – der Teppich rollte sich auf und zurück – die Deckel der lackierten Truhen sprangen hoch, und Schlangen, Löwenköpfe, Teufelsfratzen schossen heraus. Doktor Faust wurde immer wilder, begeisterter, berauschter, er griff in ein Goldfischglas, aß einen Goldfisch auf, noch einen und noch einen, und dann zog er aus dem Frackhemd, in der Magengegend, einen Fisch nach dem anderen wieder hervor – er schoss mit einer Pistole in die Luft, und ein Schwarm von Tauben flog aus der Mündung und flatterte im Zimmer umher – und dazu spielte immer das Klavier, leise, jazzartig, in ruckenden, aufstachelnden Rhythmen. Aber plötzlich blieb Doktor Faust starr und sinnend stehen, und dann rief er mit beschwörenden Armbewegungen: »Jetzt Helena, jetzt Helena, jetzt endlich ist die Stunde da.« Grüner Dunst quoll aus dem Boden, ballte sich immer dicker, undurchdringlicher, das Klavier wirbelte Trommelschläge, von draußen, vom Platz vorm Konversationshaus drang das Geknatter des beginnenden Feuerwerks herein, das Aufjauchzen der

Menge, der grüne Dunst verzog sich, das Klavier spielte eine schmelzende Melodie, und an eine Säule gelehnt stand Helena, steinern wie eine Statue, mitten auf der Bühne im strahlenden Licht des Kristallüsters. Doktor Faust nahm seinen Zylinderhut ab und sank in einer vergötternden Geste vor ihr auf die Knie.

Anton gab es einen Stich. Denn trotz der grässlichen Aufmachung erkannte er sie wohl. Die Arme, die Gute, die Rührende, da musste sie nun als schöne Helena auftreten, in einem lang fließenden weißen Gewand, um die Hüften einen goldenen Gürtel, und das Gewand floss über ihre Füße und den Sockel, auf dem sie stand, damit sie größer erschien und stattlicher, und auf ihrem Kopf türmte sich eine hohe schwarze Lockenperücke, in die ein silbernes Band geschlungen war und eine lange Locke fiel ihr nach vorn über die Schulter, und ihr Gesicht war weiß geschminkt mit einem knallroten Mund und scharfgezogenen schwarzen Augenbrauen, und sie rührte und regte sich nicht und sah starr lächelnd ins Publikum mit ihren grauen, klaren Augen. Und der Doktor Faust sprang hoch und rief:

> Weit kommst du aus dem Reich der Schatten,
> Nun sollst du Kunde uns erstatten
> Von dem, o schöne Helena,
> Was kommen wird, was einst geschah –
> Denn alle Zeiten sind dir nah.
> Du schwebest in der Ewigkeit,
> Durchblickest allen Raum und Zeit!

Und er fixierte sie lange und scharf – fuhr ihr leicht mit der Hand über die Stirn – das Klavier spielte gedämpft in weichen Mollakkorden – da fielen ihr die Augen zu, und sie stand da, schlafend, steinern, in dem magischen Kabinett. Von draußen hörte man den wimmernden Jammerschrei einer Rakete, ihr Aufplatzen in einem sanften Puff, das »Ah« der Zuschauer und das einsetzende Blechgeschmetter einer Marinekapelle. Doktor Faust wandte sich dem Publikum zu: »Nun, meine verehrten Herrschaften, werde ich zu Ihnen hinunterkommen, und die schöne Helena wird wahrheitsgetreu alle meine Fragen, die ich an sie richte, beantworten.« Er stieg über eine kleine Holztreppe ins Publikum und ging durch die Reihen und begann Schlag auf Schlag Fragen zu stellen: »Wie heißt diese Dame? Ist sie verheiratet?

Wie viel Kinder hat sie? Wo wohnt sie auf der Insel? – Hier das Taschentuch des Herrn, was für ein Monogramm steht darauf? – Dieser Herr, wie lange gedenkt er noch auf der Insel zu bleiben? – Diese junge Dame, wo war sie heute Nachmittag um vier Uhr? – Dieser Herr, wo ist er zu Hause? Was hat er für einen Beruf? – Diese Brieftasche, die ich hier aus der Jacke ziehe, was enthält sie? Dieser Brief, an wen ist er gerichtet? Wird der Herr die Dame heiraten? – Dieser Herr, ist er ein Raucher, und was raucht er? Er ist Witwer? Und seit wann? Hat er wieder Heiratsabsichten? – Dieser Schüler, was will er werden? Mediziner? Und warum? Weil sein Vater Mediziner ist?« – Und so weiter, und so weiter, und mit klarer, ruhiger Stimme, teilnahmslos wie die Wahrheit selbst, sagte die schöne Helena ihre Antworten, und alles stimmte, und die Leute schüttelten die Köpfe vor Staunen, lachten, waren peinlich berührt, flüsterten, summten, das war ja unheimlich, ein Teufelsmädchen, wenn er nur nicht zu mir kommt und was über mich fragt, säßen wir doch etwas weiter hinten im Saal. Auch Anton und Herr Boltz saßen ziemlich weit vorne in der fünften Reihe und direkt neben dem Gang. Und schon stand Doktor Faust neben Herrn Boltz und fragte: »Wie heißt dieser Herr?« – »Er hat viele Namen, deshalb nennt er sich Proteus, aber sein wahrer Name ist Paskin«, sagte die schöne Helena. »Proteus? Proteus?« ging ein Gemurmel durch das Publikum. »Was für einen Beruf hat der Herr?« – »Er war Schauspieler, aber jetzt ist er Einbrecher«, klang es klar und unerbittlich. Herr Boltz sprang auf, auch Anton. »Nun aber Schluss, das ist ja eine bodenlose Frechheit. Also so wollen Sie das drehen, nee, mein Lieber, so haben wir nicht gewettet. Meine Herrschaften, ich glaube, wir müssen die Vorstellung abbrechen, ich habe ein Wörtchen mit Herrn Bufferini zu reden. Herr Bufferini, folgen Sie mir.« Das Publikum hatte sich von den Stühlen erhoben: »Das ist ja unerhört! Was bedeutet das? Was ist denn los? So eine Flegelei – den Herrn einen Einbrecher zu nennen!« Ein dichter Kreis schloss sich um Herrn Boltz, Anton und Bufferini. Da drängte sich der dicke, gemütliche Kurdirektor zu ihnen durch: »Aber Herr Bufferini – das geht doch ein bisschen zu weit, das ist doch kein Scherz mehr, wie können Sie Herrn Boltz so beleidigen!« Herr Bufferini stand ganz verdattert da und biss sich auf die Lippen, seine hochgezwirbelten Schnurrbartspitzen zitterten: »Tut mir furchtbar leid, aber sie sagt die Wahrheit, sie kann ja gar nicht anders. Sollte sie sich denn diesmal

irren? Das ist noch nie vorgekommen.« – »Die Wahrheit«, lachte Herr
Boltz, »nun gut, mein Lieber, wenn Sie denn absolut die Wahrheit
hören wollen, so sei es denn! Wär' mir lieber gewesen, wir hätten die
Sache in aller Stille abgemacht. Herr Kurdirektor, meine Herrschaften,
dieser Mann, der mich durch seine Tochter beschuldigt, der berüch-
tigte Proteus zu sein, er selber ist dieser Proteus. Ich bin heute hier-
hergekommen, um ihn zu entlarven, Herr Bufferini hat wohl Wind
davon bekommen und möchte mich auf diese Weise unschädlich
machen.« Herr Boltz wandte sich an Anton. »Erkennen Sie in Herrn
Bufferini den Mann wieder, der in der vorigen Nacht in Ihr Zimmer
im ›Kaiserhof‹ gedrungen ist und Sie bestohlen hat?« Anton guckte
zu Boden und nickte bedrückt: »Ja.« – »Na also«, sagte Herr Boltz,
»Herr Bufferini, folgen Sie mir sofort zur Polizei. Draußen stehen
bereits zwei Polizisten, die Sie mitnehmen werden.« Herr Bufferini
begann am ganzen Körper zu fliegen: »Was sagen Sie? Ich ein Einbrecher? Ich dieser Proteus? Ich bin ein ehrlicher Mann, der im Schweiße
seines Angesichts sein Brot verdient. Aber mit uns Artisten kann man
ja alles machen. Uns traut man ja alles zu. Herr Kurdirektor, ich bin
nicht der Proteus, glauben Sie mir doch. Oh, es ist eine Gemeinheit.
Sie wollen mich diese Nacht in Ihrem Zimmer gesehen haben, junger
Mann? Das ist eine Verleumdung, die Ihnen noch teuer zu stehen
kommen wird. Geschlafen hab' ich, meine Tochter kann es bezeugen.
Hannchen«, wandte er sich zur Bühne, »wo war ich die ganze letzte
Nacht?« Die schöne Helena stand noch immer regungslos mit geschlossenen Augen da und sagte leise: »In deinem Bett, Papa.« Und dann
begann sie zu wanken und zu schwanken und schlug plötzlich auf
den Boden hin wie eine gestürzte Marmorfigur. Eine Welle der Erregung im Publikum. »Meine Tochter, mein Kind«, schrie Doktor Faust
und stürzte auf die Bühne. Anton, Herr Boltz, der Kurdirektor und
viele Leute ihm nach. »Nun fassen Sie doch mal mit an«, rief Herr
Bufferini Anton zu, »anstatt ehrliche Leute um ihren guten Ruf zu
bringen, tun Sie lieber was Nützliches.« Und Anton und Herr Bufferini
trugen die ohnmächtige schöne Helena zu dem blauen Sofa und bet-
teten sie darauf. »Hannchen, mein Täubchen, was fehlt dir denn, ach,
ich hatte dich in der Aufregung ja ganz vergessen.« Herr Bufferini
streichelte ihr den Arm und die Backen. »Lassen Sie das, Herr Bufferini, oder richtiger Herr Max Baumann aus Hannover«, sagte Herr
Boltz kalt und triumphierend, »es nützt Ihnen nichts mehr, den lie-

benden Vater zu spielen. Lassen Sie Ihre Tochter jetzt – das ist ja doch nur alles Anstellerei, Ablenkungsmanöver, ich muss sagen, Sie sind gut aufeinander eingespielt – folgen Sie mir endlich.« – »Nein, nein«, stöhnte Herr Bufferini auf, »es ist zu unverschämt! Ich bin schuldlos! Ich bin nicht Proteus, zum Teufel noch mal, ich lasse mich nicht abführen. Ein Glas Wasser für mein Hannchen.« – »Herr Boltz, sind Sie denn auch wirklich so sicher, dass Herr Bufferini identisch mit diesem Proteus ist?« fragte schüchtern der Kurdirektor. »Es kann doch auch sein«, wagte Anton plötzlich zu sagen, Herrn Boltzens unnachsichtliche Härte empörte ihn, »dass Proteus nur die Maske von Herrn Bufferini benutzt hat.« – »Sehr richtig, junger Mann, sehr richtig, Sie scheinen allmählich zur Vernunft zu kommen«, rief Herr Bufferini mit einem leisen Aufzucken von Hoffnung im Gesicht. »Ja«, fuhr Anton fort mit festerer Stimme, »das hat doch sogar eine gewisse Wahrscheinlichkeit, denn Proteus hat doch auch andere Rollen gehabt, den Fürsten B., den Herrn Kurdirektor, und da muss er doch ohne Bart gewesen sein, Herr Bufferini aber hat einen Schnurrbart und einen Kinnbart, Herr Boltz, ich verstehe nicht, dass Sie das nicht bedacht haben.« – »Unsinn«, sagte Herr Boltz, »nun faseln Sie doch nicht so törichtes Zeug, das hält uns doch nur auf – Herr Bufferini, Herr Max Baumann aus Hannover, hat keinen Bart.« Und Herr Boltz trat dicht an Herrn Bufferini, an Doktor Faust, an Herrn Max Baumann aus Hannover heran und riss ihm kalt und rücksichtslos die Bärte aus dem Gesicht. »Angeklebt, sind Sie nun überzeugt?« Hilflos und zuckend trat Herrn Baumanns blasses, knochiges Gesicht mit den nervös flackernden Augen hervor. »Nein, nein, jetzt aber Schluss«, rief Herr Boltz, »da nützen alle Gefühlsduseleien nichts. Baumann, kommen Sie!« – »Holla, holla, langsam, langsam«, tönte da eine Stimme aus dem Hintergrund. Aller Augen richteten sich voll Erstaunen auf den Kühnen, der es in diesem Augenblick noch wagte, den großen gefürchteten Boltz in der Ausführung seiner Pflichten zu unterbrechen, oder wohl gar ihm zu widersprechen. Der arme Narr, wie würde der harte Boltz ihn zurechtstauchen, ihm den Kopf waschen!

In der ersten Reihe des Zuschauerraums saß ein Herr, ein freundlicher, korpulenter Fünfziger, mit grauen Schläfen, Glatze, einer Brille auf der Nase, die Hände im Schoß gefaltet, und schaute gemütlich betrachtend zur Bühne hinauf, als sähe er sich ein Schauspiel an. Dann stand er auf und kam langsam auf die Bühne geschritten. Ganz still war es unter den Zuschauern geworden, und alle verfolgten mit Spannung die Dinge, die sich nun entwickeln würden. Mein Gott, was war das für ein interessanter Abend. Diese Proteus-Affäre war ja viel prickelnder als alle Zauberkünste des Herrn Bufferini. »Wissen Sie, mein Lieber«, sagte der fremde Herr, »für Ihre Verwandlungskünste habe ich ja immer durchaus Verständnis und Bewunderung gehabt, für Ihre Menschenquälereien aber nie. Ja, mein lieber Paskin, ich bin nun doch gekommen, obgleich Sie mir telegraphiert haben, dass meine Anwesenheit nicht mehr nötig ist. Ich sehe ja, sie ist nötig. Sie finden den richtigen Proteus doch nicht. Ihr Blick ist zu sehr getrübt. Aber das ist ja verständlich, das ist ja menschlich.« Herr Boltz hatte den korpulenten Herrn angeglotzt wie eine Erscheinung, sein Mund bebte: »Nein, nein, nein ...« Aber dann lachte er plötzlich höhnisch auf: »Aha, verstehe, ein Komplice von Bufferini – den Dreh kennen wir. Sollte mich nicht wundern, wenn er gleich behauptet, ich sei der Proteus, haha, und er sei Boltz.« – »Paskin, lassen Sie doch die Fisematenten. Nachdem Sie Herrn Bufferini seiner schönen Bärte beraubt haben, gestatten Sie wohl, dass ich nun an Ihnen einige kleine Demaskierungskünste vornehme.« Und der fremde Herr streifte ihm das Bürstenhaar vom Kopf, zog ihm die dicken Augenbrauen ab – es kam das scharfe, brutale Gesicht eines jungen blonden Mannes heraus, der verlegen und tückisch vor sich hinlächelte. »Darf ich Ihnen vorstellen«, sagte der fremde Herr, »Herr Proteus, der Sie so geärgert hat. Ja, Herr Bufferini, Ihr Fräulein Tochter hat ihn ganz richtig erkannt, alle Achtung, sie hat Talent. Paskin ist ein alter Bekannter von mir, ein erstklassiger Verwandlungskünstler, ein ausgezeichneter Schauspieler, aber kein großer Menschenfreund. Ja, Paskin, nun müssen Sie wohl mal wieder mit mir kommen.« Der Herr holte eine Handschelle aus der Tasche und legte sie Paskin um das Handgelenk. Was war denn mit Paskin los? Wo war sein Mut, sein Witz, seine Frechheit? Er war in sich zusammengesackt, den Kopf auf der Brust, und ließ ja alles willenlos mit sich geschehen. Eine traurige Gestalt! Mit den Haaren schien ihm, wie Simson, alle Kraft genommen, ja, wie ein Schauspieler stand er da, der eben noch einen großen König gespielt hat und dem der Direktor nun das Engagement für die nächste Saison aufkündigt. – »Ach, verzeihen Sie, dass ich mich noch nicht vorgestellt habe«, sagte der Herr, »ich bin Boltz. Hier meine Karte. Ja, Paskin hat mir vor langer Zeit einmal Ausweise gestohlen und liebt es seitdem, hin und wieder als Boltz aufzutreten. Ich muss sagen, er macht es nicht übel. Er trifft da genau die populäre Vorstellung, die sich durch schlechte Filme und Groschenromane in den Köpfen festgesetzt hat. Paskin hat mir im Namen der hiesigen Polizei ein Telegramm geschickt, dass mein Kommen nicht mehr vonnöten sei, da man Proteus bereits gefasst habe. Nun, das Telegramm hat mich nur zu noch größerer Eile angetrieben. Ach, da sind ja schon die beiden Polizisten, die Paskin für Herrn Bufferini herbestellt hatte. Leute, führt Paskin nun zur Polizei, aber aufgepasst, dass er euch nicht entflutscht. Der Junge ist flink und falsch wie eine Schlange. Herr Bufferini, darf ich Sie noch einen Augenblick sprechen? Verehrte Herrschaften, bitte, gehen Sie nach Hause, ich glaube, für heute ist die Vorstellung aus. Ich nehme an, Sie sind trotzdem alle auf Ihre Kosten gekommen. Guten Abend, guten Abend.« Völlig perplex, sprachlos standen die Leute da, wollten gar nicht weggehen, wollten immer mehr sehen. »Aber nun gehen Sie doch«, sagte Herr Boltz, der wirkliche Boltz, »sehen Sie denn nicht, dass Fräulein Baumann die Ruhe nötig hat?« Und es war etwas so Befehlendes und Drohendes in seiner Stimme, dass sich der Saal nun schnell leerte. Paskin wurde abgeführt, Herr Boltz verschwand mit Herrn Bufferini in einem Nebenraum – und auf einmal stand Anton allein auf der Bühne, dunkel wurde der Zuschauerraum, nur die Bühne erglänzte scharf im Licht des Kristallüsters, und nur sie war noch da, da lag sie noch immer bewusstlos, Fräulein Hannchen Baumann, verkleidet als die schöne Helena, lag auf dem blauen Sofa inmitten des magischen Kabinetts und ringsherum all die Zaubergeräte, die Kästen, Gläser, Kugeln, Pistolen, das Goldfischglas, das Vogelbauer, die Palmen und Musikinstrumente. Und es war auf einmal ganz still. Nur von ferne das Zischen und Knattern vom Feuerwerk und die Klänge der Marinekapelle, an den Fenstern das dumpfe Stoßen des Seewinds.

Und Hannchen Baumann schlug plötzlich die Augen auf und sah Anton vor sich stehen: »Was ist denn? Warum liege ich hier? Wie kommen Sie hierher? Mein Gott, was ist denn los? Ist die Vorstellung zu Ende? Der Saal ist ja ganz leer. Wo ist Papa? Träume ich? Sagen Sie, träume ich?« Sie richtete sich auf, setzte sich im Sofa zurecht und ordnete die hohe schwarze Lockenperücke: »Wie kommt es denn, dass ich hier als die schöne Helena sitze?« – »Ach, Fräulein Baumann«, sagte Anton, »Sie sind während der Vorstellung etwas ohnmächtig geworden.« – »Ohnmächtig«, rief Fräulein Baumann, »Gott, wie schrecklich! Ist es sehr aufgefallen? Was hat Papa gesagt? Das ist mir ja noch nie passiert.« – »Nein, nein, es ist gar nicht aufgefallen. Ach, Sie ahnen ja nicht, was sich alles ereignet hat, während Sie – abwesend waren. Nein, nein, Ihr Vater kann stolz auf Sie sein, das hat Herr Boltz auch gesagt, denn Sie haben ja diesen gräsigen Kerl, diesen Paskin, entlarvt.« – »Ich – entlarvt? Paskin? Wer ist das? Ich verstehe nichts.« – »Das erfahren Sie alles später. Ich sage Ihnen, toll war das. Aber nun ist alles geklärt. Nun erholen Sie sich erst mal.« – »In Ohnmacht gefallen mitten in der Vorstellung! Papa, ich sage ja, dass die Hypnose meine Gesundheit angreift. Ich halte das nicht länger aus.« – »Ja, Fräulein Baumann, Sie müssen hier raus, das ist mir ganz klargeworden, Sie passen ja gar nicht in dies Milieu.« – »Wie soll ich hier denn raus? Ich möchte ja so gern, aber wie soll ich denn?« – »Ich wüsste wohl schon einen Weg«, sagte Anton zögernd, »aber ich weiß nicht – vielleicht lachen Sie mich aus. Sie kennen mich ja kaum, Sie müssten mich natürlich erst noch etwas genauer kennenlernen. Aber meinen Sie nicht, dass Sie mich eines Tages – ich meine nur, dass so ganz in der Ferne die Möglichkeit besteht – komisch, ich hatte vom ersten Augenblick an das Gefühl, Sie wären eine Frau für mich.« Anton blickte sie herzlich und verschämt an mit seinem guten, runden Gesicht. »O Gott«, sagte Fräulein Baumann und saß ganz steif da. Man konnte unter der Schminke nicht sehen, ob sie rot wurde, aber ihre Augen glänzten, und dann liefen ihr die Tränen über die Backen und tropften in ihren Schoß. »Das wollten Sie tun? Wie schön? Mich wollen Sie haben?« Anton setzte sich neben sie und fasste ihre Hand und streichelte sie sacht: »Ich suche ja schon so lange ein Frau, aber Sie sind die erste, die mir gefällt. Sie sollen es gut bei mir haben. Sie kennen meine Verhältnisse ja nicht, aber ich kann gut eine Frau ernähren, ich habe ein Haus geerbt mit einem Garten.« – »Einem Garten«, flüsterte Fräulein Baumann, »mit einer Laube? Nein, nein, es geht nicht, was werden die Leute sagen, wenn Sie die Tochter eines Zauberers heiraten?« – »Pah, die Leute, darum kümmere ich mich auch gerade. Und was wollen Sie denn? Sie sind die Tochter eines Künstlers, eines ausgezeichneten Künstlers, vor dem man nur Respekt haben kann.« – »So, kann man das?« ertönte da die Stimme Herrn Bufferinis, der gerade noch beim Eintreten diese letzten Worte gehört hatte. »Freut mich, junger Mann, dass Sie die Meinung über mich geändert haben. Aber was machen Sie hier bei meiner Tochter?« – »O Papa«, sagte Hannchen Baumann, »stell dir vor – aber reg' dich nicht gleich so auf – Herr … Herr …« – »Wolde«, flüsterte Anton ihr zu, »Anton Wolde.« – »Wie?« fragte Hannchen Baumann. »Anton Wolde«, flüsterte Anton noch einmal. »Ja, Herr Wolde und ich …« – »Kennt ihr euch denn?« – »Wir haben uns heute am Strand kennengelernt.« – »Mit diesem Menschen lässt du dich ein, der deinen Vater in den schlimmsten Verdacht bringt?« – »Aber Herr Bufferini«, rief Anton, »das war doch ein Missverständnis, es tut mir ja so leid, können Sie mir denn nicht vergeben? Wie konnt' ich denn wissen, wenn Herr Paskin so täuschend Ihre Gestalt annimmt, dass …« – »Na gut, lassen wir das! Und was ist nun, Hannchen?« – »Ja, Papa, also Herr Wolde und ich … wir haben eventuell die Absicht … wir möchten uns wohl – natürlich nur, wenn du auch einverstanden bist …« Fräulein Baumann bekam einen merkwürdigen kleinen Hustenanfall und konnte nicht weiterreden. »Was denn? Was denn? Müssen denn heute alle an meinen Nerven zerren? Mein Kopf, mein Kopf.« – »Ja, wir möchten uns wohl heiraten.« – »Was? Was? Ich werde wahnsinnig! Auch das noch! Nein, das ist zu viel.« Herr Bufferini sank in einen Sessel und streckte die Beine von sich. »Herr, haben Sie es denn darauf abgesehen, mich zugrunde zu richten? Erst sagen Sie, dass ich dieser Proteus bin, und nun haben Sie die Stirn, mir meine Tochter zu nehmen, und das alles in einer Stunde.« – »Was hat er denn, warum ist er denn so böse auf Sie?« fragte Fräulein Baumann. »Fräulein Baumann, das kann ich Ihnen nicht so schnell erzählen, aber ich bin unschuldig, das weiß Ihr Vater auch ganz genau. Herr Bufferini, lernen Sie mich kennen, dann werden Sie sehen, dass ich ein anständiger Mensch bin. Ich werde Ihre Tochter auf Händen tragen. Begreifen Sie denn immer noch nicht, dass sie nicht für die Bühne geschaffen ist, dass sie dies Leben, diese Hypnose, nicht aushält?« Plötzlich sprang Herr Bufferini auf vom Sessel und stellte sich vor Anton hin und sah ihn sich genau an. Sein blasses Gesicht zuckte, und seine flackrigen Augen blickten verzweifelt: »Wie heißen Sie?« – »Anton Wolde.« – »Wo sind Sie zu Hause?« – »In Bremen.« – »Beruf?« – »Kaufmann, See- und Feuerversicherungen.« – »Und Sie meinen es wirklich gut mit meiner Tochter? Und Hannchen, du hast Vertrauen zu ihm?« – »Ja, Papa.« – »Na, ich muss mir die Sache überlegen. Ich weiß ja schon seit langem, dass du weg von mir willst.

Der Augenblick musste ja kommen. Aber was mach' ich denn ohne schöne Helena? Meine Hauptnummer ist kaputt.« – »Papa, da findest du doch ein anderes Medium. Dora Schneider, zum Beispiel, wollte doch schon lange mit dir zusammenarbeiten. Soll ich morgen mal an sie schreiben?« – »Wollen mal sehen, ich kann jetzt nicht mehr, es ist alles zu viel für mich. Ich muss erst mal schlafen, bin ja so müde, so müde.« – »Armer, guter Papa«, sagte Hannchen Baumann und schmiegte sich an ihn an, »aber kannst du denn nicht verstehen, dass ich auch mal etwas glücklich sein möchte?« – »Sollst du ja auch, sollst du ja auch, mein Kind, es ist ja vielleicht alles richtig so, aber es ist doch so schwer für mich.« Und er begann zu schluchzen und seine Tochter zu umarmen und zu küssen. »Meine Nerven, meine Nerven. Entschuldigt mich, ich kann nicht mehr.« Und er schwankte hinaus.

Und nun standen sie allein einander gegenüber, Hannchen Baumann, die Tochter des Zauberers, die schöne Helena, und Anton Wolde, der Kaufmann aus Bremen, See- und Feuerversicherungen, allein in dem magischen Kabinett, und der Kristallüster funkelte, und draußen knallten, knatterten, zischten und rauschten die Raketen und großen Feuerräder zusammen in einem gewaltigen Schlusseffekt, und Goldregen sprühte in Fontänen und üppigen Garben, und die Menge schrie »Ah« und »Oh«, und die Marinekapelle spielte einen Triumphmarsch. Und Fräulein Baumann sagte: »Wer hätte heute Nachmittag, als wir uns in den Dünen trafen, gedacht, dass alles so kommen würde.« – »Ja«, sagte Anton, »und nun stehen wir auf einmal zusammen in dem magischen Kabinett, wie ist das alles komisch.« Und er drückste so herum und guckte sie so sonderbar an und lächelte verschämt, und da nahm sie sein gutes Gesicht in beide Hände und zog es zu sich heran und gab ihm einen herzhaften Kuss.

Eduard. Eine kleine Formenfibel

Brief

Liebe Eltern, ich kann Euch die freudige Mitteilung machen, dass Luise diese Nacht um zwei Uhr einen gesunden Jungen geboren hat. Wir sind ja so glücklich. Nach fünf Jahren des Wartens ist uns endlich unser Wunsch in Erfüllung gegangen. Ich habe Luise zur Klinik begleitet und musste dort stundenlang im Gang warten, Dr. Heinrich wollte mich nicht zu ihr lassen. Luises Befinden ist ausgezeichnet. Zur Taufe müsst Ihr unbedingt kommen, das Kind soll Onkel Eduards Namen haben, Onkel Moritz wird ja böse sein, dass wir das Kind nicht nach ihm nennen, aber Moritz – nein, das geht doch nicht ...

Drama

ONKEL MORITZ: Da sieh an, Luise, das ist aber nett, dass du deinen alten Onkel auch einmal besuchst. Was macht denn der Kleine?

LUISE: Danke, Onkel, er ist quietschvergnügt. Ja, ich bin hergekommen, um dich zur Taufe einzuladen.

ONKEL MORITZ: Also Taufpate soll ich sein? Gerne, gerne, mein Kind. Das ist recht, dass ihr an euren alten Onkel gedacht habt. Ja, was soll ich dem Jungen dann schenken?

LUISE: Ach, Onkel Moritz, verzeih –

ONKEL MORITZ: Natürlich kriegt der Junge ein schönes Geschenk. Onkel Moritz hat sich noch nie lumpen lassen.

LUISE: Onkel, sei uns nicht böse, wenn –

ONKEL MORITZ: Kein Wort mehr, ich kenne meine Pflicht als Taufpate.

LUISE: Onkel, entschuldige –

ONKEL MORITZ: Nur keine falsche Bescheidenheit. Wie wär's mit einem Kinderwagen?

LUISE: Onkel, hör doch mal!

ONKEL MORITZ: Nun, mein Kind?

LUISE: Du musst uns richtig verstehen – bitte, braus nicht gleich auf. Sieh mal, der Name Moritz ist doch nun wirklich nicht schön und gar nicht mehr modern – die Kinder in der Schule würden später über den Jungen lachen –

ONKEL MORITZ: Was heißt das? Du willst doch nicht sagen –

LUISE: Ja, wir wollten den Jungen Eduard nennen – nach Onkel Eduard.

ONKEL MORITZ: So, mein Name ist euch nicht gut genug? Da steckt etwas anderes dahinter. Das ist ein Komplott mit Tante Lisbeth.

LUISE: Nein, nein, Onkel Moritz!

ONKEL MORITZ: Immer Eduard. Eduard, Eduard. Ich verstehe, ich verstehe. Bloß weil er etwas mehr Geld hat, weil ihr glaubt –

LUISE: Nein, Onkel, das ist es nicht.

ONKEL MORITZ: Mir kann man nichts vormachen. Ich durchschaue alles. O wie recht habe ich, mich von dieser Familie zurückziehen. Ich soll zur Taufe kommen? Denke nicht dran. Ihr sollt euch wundern, Eduard, der wird dem Jungen noch lange nicht sein Vermögen vermachen, der Liederjahn, der alte Knicker. Pfui Teufel.

LUISE: Onkel, glaub mir doch –

ONKEL MORITZ: Kein Wort mehr. Raus, raus, ich will dich nicht mehr sehen, nie mehr. Allein will ich sein. Pfui Teufel. Raus.

Taufpredigt

PASTOR WONNESAM:

Fünf Jahre gingen dahin, aber sie verloren nicht den Mut und den Glauben. Wer da die Hoffnung nicht aufgibt, der wird auch erhöret. Und siehe da, der Herr segnete sie. Da liegt er nun, unser kleiner Erdenbürger, gesund und rosig und vergnügt. Und alle sind um ihn, die Eltern, die Großeltern, der Onkel Eduard, der ihm den Namen schenken soll, und alle strahlen im Glück und Sonnenschein dieser Stunde. Ja, die Sonne, die Frühlingssonne, scheint warm und golden zu uns herein. O möge sie immer auf seinen Wegen leuchten. Nur einer, ein liebes Mitglied der Familie, muss ferne weilen, da ihn böse Unpässlichkeit befallen – der Onkel Moritz. Aber auch er wird in Liebe auf seinem Krankenlager dieser Stunde gedenken und im Geiste bei uns sein ...

Kanzleistil

Dr. Rehbein, der Notar, an Onkel Moritz:

Sehr geehrter Herr!
Ihr gefälliges Schreiben vom 12.6. habe ich ergebenst zur Kenntnis
genommen. Ich werde also Ihren Anordnungen gemäß dem Testa-
ment eine andere Form zuteil werden lassen. Ich wiederhole noch
einmal die fraglichen Punkte, um sicher zu sein, dass keine Irrtümer
unterlaufen. Ihr früherer Testamentsentscheid, demzufolge Ihre
Nichte Luise W. oder ihr erstgeborenes Kind im Falle eines Able-
bens Ihrerseits zum alleinigen Erben eingesetzt war, ist von Ihnen
annulliert, und Sie haben sich jetzt entschlossen, Ihr ganzes Vermögen dem Verein zur Förderung der Gartenkultur ...

Roman

Eduard war vor ihrer Garderobentür angelangt und wollte schon die
Klinke niederdrücken, da hörte er leises Gelächter. Es waren diese
sanft glucksenden, girrenden Taubentöne, die er so gut kannte. Aber
was war das? Eine Männerstimme klang dazwischen, ein vergnügtes,
zufriedenes Männerlachen. Eduard horchte, aber er konnte nichts
Deutliches vernehmen. Da öffnete er schnell die Tür. Rosi saß vor
ihrem Toilettentisch, die Puderquaste in der Hand, und über sie gebeugt stand der Direktor. »Ah, Sie sind's, mein Lieber«, sagte der
Direktor im harmlosesten Ton von der Welt, »wollen Sie auch unserem
feschen Jägerburschen Ihre Begeisterung und Bewunderung zu Füßen
legen? Also dann will ich nicht stören. Über das bewusste Projekt
sprechen wir morgen, Rosi. Überleg's dir noch mal. Servus, servus.«
– »Was wollte er? Warum ist er hier?« fragte Eduard finster. »Mein
Gott, was Geschäftliches, mein Liebling«, sagte Rosi und betupfte ihr
Gesicht mit der Quaste. »Aber ihr lachtet so vergnügt, ehe ich eintrat,
und wenn du diese gurrenden Töne ausstößt, dann weiß ich ...« –
»Nun hör aber auf, das ist ja fad. Er ist doch der Direktor, da muss
ich doch freundlich sein. Sag lieber, wie du mich findest.« Sie sprang
auf vom Stuhl und schritt graziös in ihrer schlanken grünen Jägertracht
durchs Zimmer, den schwarzen Dreispitz keck auf der weißen
Lockenperücke. Und dann legte sie die Hand hinter den Kopf und

tanzte und sang: »Meine Lust ist das Jagen im grünen Wald«. Eduard umschlang sie leidenschaftlich. »Mein Jäger, mein süßer kleiner Jäger. Versprich mir, dass du mir treu sein willst, immer, immer. Ich hab' auch eine große Überraschung für dich.« Rosi hob schnell den Kopf und sah ihn gespannt an. »Ich bin heute bei meinem Notar Doktor Rehbein gewesen«, sagte Eduard, »wenn ich einmal sterben sollte ...« – »Sprich doch nicht davon, Liebling, das mag ich nicht hören.« – »Ja, dann sollst du mein ganzes Vermögen erben.« – »Still davon, mein Herzchen, mein Goldiger, pfui, vom Tode zu reden. Und sag, dein Patenkind, dieser kleine Eduard, der soll nun gar nichts mehr haben? Mein Gott, wie traurig!« – »Gar nichts«, sagte Eduard, »Luise, die wird sich fuchsen, die wird einmal Augen machen, ha, ha.«

Lyrik

Schlaf, Eduard, schlaf in Frieden,
Noch ist dir Ruh beschieden,
Noch weißt du nichts von unserer Welt,
Von Ruhm und Stand und Ehr und Geld,
Noch kannst du glücklich lachen.
Ich will still bei dir wachen.
Der Mond, der scheint zum Fenster rein,
Wie kühl und heiter ist sein Schein,
Die Lampe, die ist ausgedreht,
Ein Wind sanft die Gardine bläht.
O bliebest du doch immer klein,
Und könnt' ich immer bei dir sein
Und sitzen so im Dunkeln
Beim klaren Sternefunkeln,
Doch schon auf Treppenstufen
Tönt Vaters Schritt. Gleich wird er rufen.

Reportage

Gestern Abend brach in einem Hause der Charlottenstraße ein Feuer aus, dessen Ursachen bis jetzt noch nicht festgestellt werden konnten. Das Feuer griff schnell um sich und zerstörte den Dachstuhl und zwei Etagenwohnungen. Menschenleben sind nicht zu beklagen, auch ein großer Teil des Inventars konnte gerettet werden. Bei diesem Ereignis tat sich besonders der 54-jährige Moritz M. hervor. Durch Zufall führte ihn sein Abendspaziergang in die Nähe des fraglichen Hauses, und als er den Flammenschein aus der Ferne sah, lief er sofort zur nächsten Telefonzelle und benachrichtigte die Feuerwehr. Aber nicht genug damit, er eilte zu dem Hause, in dessen dritten Stock sein Neffe Hans W. mit seiner Gattin Luise wohnte, klingelte, und als sich niemand meldete und er von den Nachbarn erfuhr, dass das Ehepaar zum Theater gegangen war, um sich die Oper »Jägerglück« anzusehen, die Fräulein Rosi Huber in der Hosenrolle des Alois zu einem so triumphalen Erfolge geführt hat, stürzte er in das brennende Haus, noch vor Ankunft der Feuerwehr, schlug die Haustür ein und rettete den kleinen Sohn des Ehepaares, Eduard mit Namen, aus Flammen und Qualm, unter größter Lebensgefahr. Diese Handlungsweise ist besonders ergreifend, wenn man erfährt, dass Moritz M. sich seit längerem mit seinem Neffen und seiner Nichte verfeindet hatte. Im Augenblick der Gefahr vergaß er allen Zwist, seine innige Liebe zu dem kleinen Eduard, sein tiefes Familiengefühl brach mächtig durch und trug den Sieg davon. Der Bürgermeister hat dem kühnen Mann die goldene Rettungsmedaille verliehen. Moritz M. tat noch ein übriges und nahm das obdachlos gewordene Ehepaar in seine geräumige Wohnung auf.

Singspiel – Libretto

Onkel Moritz, Hans, Luise, der kleine Eduard im Korbwagen, auf einem Balkon. Es ist Abend. Sie sitzen an einem Tisch, vor sich Weingläser.

ONKEL MORITZ:
    Wir wollen allen Streit begraben,
    Wie bin ich froh, dass wir uns wieder haben.
HANS:
    Wie ist der Abend mild und lau.
    O küsse mich, umarm' mich, Frau.
LUISE:
    Den guten Onkel wolln wir preisen!
    Klein-Eduard soll jetzt Moritz heißen.

ONKEL MORITZ:

    Ach, Namen sind ja nur ein Scherz.

    Gehört mir nur sein kleines Herz,

    So mag er heißen, wie er will.

    Ach, seid mir von dem Namen still.

ALLE:

    Ja, mag er heißen, wie er will,

    Ach, seid mir von dem Namen still.

    Die Namen sind ja nur ein Scherz,

    Das Wichtigste ist doch das Herz.

    So trinken wir denn allezeit

    Auf Freundschaft und auf Herzlichkeit!

Sie heben die Gläser, der kleine Eduard jauchzt im Korbwagen,
über den Dächern geht der große gelbe Vollmond auf.

Die Alexanderschlacht

»Guck dir das Mädchen da mal an«, sagte der Onkel, »sieht sie nicht entzückend aus?« Albrecht sagte brummig: »Och, find' ich nicht, sie hat doch 'ne Stupsnase.« – »Ein reizendes Kind«, sagte der Onkel, »der alte Herr, der neben ihr geht, ist ihr Vater, Bankdirektor Kölsen, eine glänzende Partie also, Junge, da solltest du dich ranmachen … komm, ich will sie doch gleich mal begrüßen.« – »Lass doch, Onkel Otto«, rief Albrecht. Aber schon stand Onkel Otto vor Bankdirektor Kölsen, verbeugte sich mit einem zierlichen Kratzfuß und schwang prostend sein Brunnenglas: »Ist das nicht ein erquickender Morgentrunk?« – »Pfui Deibel, das faulige Moorwasser – wenn man nicht wüsste, dass es einem gut täte …«, sagte Bankdirektor Kölsen. »Mein Neffe Albrecht«, sagte der Onkel, »Student, ist von Marburg herübergekommen, um mich zu besuchen, ein hochgelehrtes Haus, kann ich Ihnen sagen, weiß besser bei den alten Griechen Bescheid als bei uns – steht auf du und du mit Alexander dem Großen, ja, ja, wahrhaftig.« – »Nun lass doch, Onkel Otto«, sagte Albrecht. Schnell hatte Onkel Otto Bankdirektor Kölsen in ein Gespräch verwickelt, die beiden Herren gingen voraus, und Albrecht folgte mit dem Mädchen. Sie trieben mit im Strom der Promenierenden. Die Kurkapelle in dem kleinen, offenen, hellen Pavillon spielte ein Potpourri aus der »Fledermaus«. »Mein Herr Marquis, ein Mann wie Sie«, sang Fräulein Kölsen leise, und dann nippte sie zwischendurch an ihrem Brunnenglas. »Sie trinken auch Brunnen?« fragte sie. »Ach, nur meinem Onkel zuliebe, er wollte es ja absolut.« Fräulein Kölsen wiegte sich im Walzertakt: »Tanzen Sie auch gern?« – »Nein«, sagte Albrecht.

Nachmittags saß Albrecht mit dem Onkel, Bankdirektor Kölsen und seiner Tochter auf der Kurhausterrasse unter der rotweißgestreiften Markise beim Kaffee. Die Kurkapelle spielte Verdi, und die Leute lustwandelten auf den weißen Sandwegen, auf den Beeten leuchteten die Geranien in der warmen Sonne, die Kinder fütterten die Karpfen und Schwäne im Teich. »Holde Aida«, summte Fräulein Kölsen. »Kinder, ich rate euch, esst die Nusstorte«, sagte Onkel Otto, »die ist exzellent«, und Fräulein Kölsen sagte zu Albrecht: »Ihr Onkel hat mir erzählt, Sie sitzen an Ihrer Doktorarbeit, mein Gott, das muss schwer sein. Worüber schreiben Sie denn?« – »Och«, sagte Albrecht, »das interessiert Sie doch nicht.« – »Denken Sie sich, über Alexander den Großen«, sagte der Onkel, »über die strategische Bedeutung der Schlachten Alexanders des Großen. Läuft Ihnen da nicht ein Schauer über den Rücken? Brrr – und dabei hätte der Junge so schön in meine Tabakfirma eintreten können.« – »Alexander der Große«, sagte Fräulein Kölsen, »wie sind Sie nur darauf gekommen?« – »Hatte der nicht so'n Pferd?« sagte Bankdirektor Kölsen. »Bukephalos«, sagte Albrecht leise. Und dann rief der Onkel: »Himmel, fast hätt' ich's ja vergessen, ich habe die Karten für uns bekommen, Logenplätze, heute Abend gehen wir ins Kurtheater: ›Baron und Bauer‹.« – »O fein«, rief Fräulein Kölsen. »Ich kann aber nicht«, sagte Albrecht, »ich muss arbeiten.« – »Das gibt es ja gar nicht«, rief der Onkel, »du gehst mit, Junge, sei doch mal vergnügt, genieß doch mal dein Leben.«

Albrecht war verzweifelt, er lief in die Pension »Quisisana« und schrieb einen Brief an seinen Freund Sebald nach Göttingen: »Du musst kommen, bitte, pack deinen Rucksack und komm so schnell wie möglich. Der Onkel geht mir mit seinem Humor auf die Nerven, wäre ich doch nie seiner Einladung gefolgt. Weil ich sein Erbe bin, glaubt er, alles von mir verlangen zu können, ich pfeife aber auf sein Geld. Keinen Augenblick lässt er mich von seiner Seite, ich muss mit ihm Brunnen trinken, im Kurpark promenieren, in der Sonne auf der Bank sitzen, und essen, essen, essen. Und dann dies Sichbegrüßen, Nicken, Sichverbeugen, Freundlichtun, fade Gespräche führen: ›Wie ist Ihnen heute Ihr Solbad bekommen?‹ Ich halte das nicht mehr aus. Und was steckt hinter all diesem Nichtstun und Ferienmachen? Die pure Langeweile. Jetzt will mich mein Onkel noch zu allem mit einem reichen Mädchen verkuppeln, einer dummen Gans mit einer Stupsnase, heute Abend muss ich mit ihr ins Kurtheater. Sebald, unterbrich deine Altdorfer-Arbeit, komm, wir wollen eine große Wanderung machen ins Gebirge – nur weg. An meinem Alexander hab' ich auch nicht eine Zeile schreiben können. Augenblicklich bin ich bei der Schlacht von Issos. Ich glaube, ich habe da einige entscheidende Entdeckungen gemacht.«

»Unser Kurtheater ist doch ein kleines Schmuckkästchen«, sagte am Abend der Onkel, und seine munteren Augen glitten genießerisch über all den roten Plüsch, die goldenen Stuckornamente und Leisten, die duftende Damenwelt im Parkett. Sie saßen in einer Loge dicht neben der Bühne, gerade überm Orchester, die Musiker stimmten schon die Instrumente, und der bunte Vorhang, auf dem Venus zu sehen war, wie sie, schwelgerisch in einen Muschelwagen zurückgelehnt, von Delphinen gezogen übers blaue Meer fuhr, schwankte leicht im Luftzug. »Mögen Sie eine Praline?« fragte Fräulein Kölsen. »Danke«, sagte Albrecht. »Das versteh' ich nicht«, sagte Fräulein Kölsen, »es gibt doch nichts Gemütlicheres als im Theater zu sitzen und eine Praline zu lutschen!« Und dann wurde es dunkel, und die Musik spielte einen lustigen Ländler, und dann hob sich der Venusmuschelwagenvorhang, und Baron und Bauer, eine alte Posse mit Gesang und Tanz, begann. Das Stück spielte in dem beliebten Älplermilieu mit Krachledernen, Mieder, Gamsbarthüten, Jodlern, Alphorn und Sennhütte, und die Handlung war von der einfachsten Art: ein intriganter, verführerischer Baron, der die Großstadt satt haben mochte, wusste das Herz einer schlichten Sennerin zu betören und ihrem braven Xaverl abspenstig zu machen. Das gab allerlei Verwicklungen und Hin und Her, bis schließlich die Freundin des Barons aus der Stadt kam und ihm ordentlich den Kopf wusch und der Xaverl ihn obendrein in einer Rauferei zurechtstauchte. »Ob Xaverl sein Gretl wiederbekommt, was meinen Sie?« fragte Fräulein Kölsen im zweiten Akt. »Wenn Sie das nicht mal merken«, sagte Albrecht, »man weiß doch vom ersten Augenblick an, wie die Sache läuft.« Und dann hörten die Gretl und der Baron plötzlich auf zu sprechen und sahen sich bedeutungsvoll an und fassten sich an die Herzen und traten an die Rampe und sangen ein schmelzendes Couplet. Die Musik hatte so eine einlullende, einwiegende Wirkung, und Albrecht gab sich ganz seinen Träumereien hin, hörte überhaupt nicht mehr auf das, was sie da auf der Bühne sangen und sagten, der zweite Akt verging, und der dritte begann, und Albrecht war ganz in sich versunken, Menschen und Lichter verschwammen ihm zu einem goldenen Dunst, und er dachte an die Schlacht von Issos. Ja, die Bedeutung der Phalanx muss ich richtig herausarbeiten, wie muss der Boden gedröhnt haben unter ihrem schweren Eisentritt. Und er voran, rauschend, durch den Pinaros, tief kann der Fluss nicht gewesen sein, na, vielleicht bis zum Bauch des Bukephalos das Wasser … Und dann wurde ihm der Kopf allmählich schwerer und schwerer und sank ihm auf die Brust.

»Abbi, Abbi«, hörte er da ein flüsterndes Rufen. Das war doch Sebalds Stimme? Er hob den Kopf. Er saß allein in der Loge, leer und dunkel der Zuschauerraum, leer das Orchester, der Vorhang war noch hoch, und die waldige Gebirgslandschaft mit der Sennhütte zwischen den Tannenstämmen lag verlassen da. Kein Schauspieler war zu sehen, kein Licht brannte, nur von oben her fiel geisterhafter Schein wie vom Mond auf das Dach der Hütte und die dicken Stämme. »Abbi, Abbi«, rief es da wieder, und da stieg ja eine Gestalt den Abhang hinunter und lief vor an die Rampe, es war Sebald in einem schwarzen Wanderkleid, und er winkte: »Abbi, nun komm doch schnell, ehe sie dich hier entdecken, dein Onkel und Kölsens sind doch in der Sennhütte, um Milch zu trinken, gleich kommen sie wieder heraus, und wir müssen uns ja auch so beeilen, wenn wir nicht zu spät kommen wollen, schnell, schnell.« – »Ich hab' doch gar keine Rüstung«, sagte Albrecht, »wo ist denn meine Rüstung hin?« – »Das findet sich alles, komm doch.« Da stieg Albrecht über die Logenbrüstung und sprang über das Orchester auf die Bühne, dabei berührte sein Fuß leicht die große Harfe, die dort unten einsam stand, und sie gab einen silbrig klirrenden Ton. »Verdammt«, rief Sebald, »nun wird's aber höchste Eisenbahn, dass wir verduften.« Sie stiegen hastig zwischen den Tannenstämmen den steilen Abhang hinan, sich an Wurzeln und Zweigen klammernd, die metallisch im Mondschein aufglänzten. »Morgens bei Sonnenaufgang soll es losgehen«, sagte Sebald, »heute Abend ist er unter seine Offiziere getreten und hat eine fabelhafte Ansprache gehalten. Warum warst du denn nicht dabei?« – »Ich musste doch ins Theater«, sagte Albrecht, »was hat er denn gesagt?« – »›Soldaten‹, hat er gesagt, ›wisst ihr, worum es in diesem Kampfe geht? Eine alte verfallene Welt steht gegen eine junge, freie Männer gegen ein Sklavenheer, die besten Krieger Europas gegen die Weichlinge Asiens, die längst der Waffen entwöhnt sind. Der Sieg ist unser und der Preis das Perserreich.‹ Ich kann dir sagen, das war ein Jubel, Trompetengeschmetter und Schildgeklirr.« – »Ist er ein Mensch«, sagte Albrecht, »aber er wird es schaffen, ich weiß es ja.« Sie sprangen über große Steinblöcke, zwischen denen ein Gebirgsbach niederrauschte, und kamen zu einer Ruine, es war eine alte Burg, nur noch wenige Mauern und Türme standen, und durch die leeren Fenster schien der runde, blanke Mond. »Lass uns einen Augenblick verpusten«, sagte Albrecht. Sie setzten sich auf eine bröcklige Mauerkante und sahen hinunter ins Tal. Da lag der Kurort im hellen Mondenschein. Die Dächer und Kanten des Kurhauses, des Kurtheaters, der Villen und Hotels glänzten scharf, und aus dem feuchten, alten Kurpark stieg ein weicher, milchiger Dunst. Da lag der Onkel nun in seinem Bett und schlief. Und Bankdirektor Kölsen und Fräulein Kölsen, alle schliefen. »Versink im Nebel, du alte Welt«, sagte Albrecht. »Komm weiter, fort«, drängte Sebald. Und sie stiegen höher und höher, weglos durch dick verwucherte Tannenwälder, in fliegender Hast, stolpernd und rutschend, und der Mond verblasste, und die Luft wurde fahl, und dann begann es grau zwischen den Stämmen zu dämmern, und dann erreichten sie endlich den Kamm des Gebirges, und die Bäume lichteten sich, Morgenrot brannte durch die Zweige, und sie traten aus dem Wald, und vor ihnen, zu ihren Füßen, breitete sich eine gewaltige Aussicht.

»O Gott, o Gott«, rief Albrecht. »Das ist ja Altdorfer«, rief Sebald, »das ist ja sein Bild.« Ein großer Meerbusen öffnete sich vor ihnen, eingeschlossen von den Bergen mit den dunklen Wäldern, und dort unten in der Ebene vorm Meer standen sich die beiden Heere gegenüber, das griechische und das persische, und der Fluss Pinaros floss trennend zwischen ihnen dahin. Das war ein Gewimmel von Kriegern, von Reitern, Kriegswagen, Fußtruppen, dicht gedrängt, ein Funkeln von Waffen, Schmettern von Trompeten, Trommelgeknatter, Helmbüsche flatterten, grüne, rote, gelbe Fahnen und Wimpel und Wappen und Mäntel leuchteten und bauschten sich im frischen Morgenwind, spitz stachen die kleinen Zelte, eine unzählbare Menge, in den blauen Himmel, und auf fernen Bergen ragten weiße Schlösser mit schlanken Türmen auf kreidigen Felsspitzen, und dahinter hoben sich blaue Alpenketten mit Schneegipfeln, angeleuchtet von der Sonne, die aus dem Meer gestiegen war und blitzende Brände über seine zackigen Felsinseln, seine kreuzenden Flotten, über die beiden feindlichen Heere hinschoss. »Da ist Ilissos«, rief Albrecht, leise schluchzend vor Glück und verhaltenem Jubel, wie einer, der nach langer Abwesenheit die Heimatstadt wiedersieht. Ja, da lag sie, die Stadt, dicht am Meer, Türme, Tempel, Mauern aus weißem Marmor, rosig erschimmernd im Morgenlicht. »Und da ist Darius«, rief Sebald, »siehst du ihn im Kern seines Heeres auf dem goldenen Wagen mit dem roten Mantel und dem schwarzen Haar? Wie bleich sieht er aus!« – »Und da – da ist er!« rief Albrecht in höchster Begeisterung. Er hatte ihn erkannt, ganz vorne ritt er seinen Reitern voran auf den Pinaros zu, golden die Rüstung und das Haar frei im Winde wehend. Und dann hielt Alexander an, und es wurde still in den beiden Heeren, einen Augenblick lang wurde es totenstill, und die Tausende schienen den Atem anzuhalten, es war ein Moment nervenzerreißender Spannung, und dann hob Alexander das Schwert: »Los«, und in Galopp ritt er in den Pinaros hinein, und die Reiter ihm nach, platschend, spritzend warfen sich die Pferde in den Fluss, rauschend durchbrausten sie das Wasser, waren schon am jenseitigen Ufer, und sie prallten mit den persischen Reitern zusammen, verknäulten sich mit ihnen in Kampfgetümmel und Wut. Brücken wurden in rasender Schnelle über den Fluss geworfen, und die leichten Fußtruppen marschierten hinüber; schwer dahinschreitend in langsamem, gleichmäßigem, unerbittlichem Schritt folgten ihnen in breiter Front die Phalangen, eine eiserne Mauer, in Stahl vom Kopf bis zur Sohle, und die Lanzenspitze hatte jeder Soldat auf die Schulter des Vordermannes gelegt. Aber ehe die Truppen in genügender Zahl über den Fluss gelangt waren, hatte Alexander sich schon in flammendem Keil mit seinen Reitern in das persische Heer hineingebrannt und kämpfte weit da vorne, und hinter ihm schloss sich das Perserheer wieder zusammen, und Alexander war von seinem Heere abgeschnitten, aber das schien er gar nicht zu merken im Kampfesrausch, denn immer näher kam er dem goldenen Wagen des Darius. Und das war sein Ziel.

»Sie trennen ihn ja von seinen Truppen«, rief Sebald, »das geht doch nicht.« – »Wir müssen hinunter, ihm helfen«, rief Albrecht, »komm doch, schnell hinunter, sonst ist alles verloren.« Und sie kletterten in fieberhafter Eile den Abhang hinunter, über Felsblöcke, durch Bäume und Büsche, schnell, schnell, liefen über steile Wiesenböschungen, und während sie dahinjagten, wuchsen ihnen Rüstungen an den Leib, der Helmbusch wehte über ihren Häuptern, und in der einen Hand hielten sie den Schild und in der anderen schwangen sie das kurze griechische Schwert. Als sie am Fuß des Berges ankamen, sahen sie, verdeckt hinter Felsen und Büschen, makedonische Soldaten auf der Lauer. »Auf, es ist Zeit«, rief Albrecht, er sah auf einmal, dass es ja seine Truppe war, »die Perser haben ihn umzingelt, wir müssen ihn heraushauen, wir müssen die Front von der Seite aufrollen, auf, marsch.« Die Soldaten sprangen auf, Albrechts Befehl pflanzte sich fort von Gruppe zu Gruppe, überall schossen die Soldaten aus dem Versteck, und Albrecht an der Spitze seiner Truppen und neben ihm Sebald rannten vor und warfen sich den Persern entgegen. Da knallten die Waffen aufeinander, prallten die Schilde krachend zusammen, das war ein Stechen, Ringen, Übereinanderstürzen, Wolken von Perserpfeilen flogen wie Insektenschwärme in ihre Reihen, Muskeln spannten sich zum Zerspringen, schwarze Perseraugen rollten wütend, Sterbende schrien, Pferdeleiber bäumten sich und schlugen auf den Boden, schrill aufwiehernd, und dazwischen grelle Fanfaren und Flöten und Trommelgehämmer – und durch, durch, hin zu ihm, da ritt er ja, da kämpfte er ja, da stach er ja, da wirbelte er das Schwert und lachte, scharf geschnitten das wetterharte, braune Gesicht, und das goldene Haar flog im Wind, und die Rüstung gleißte im Sonnenlicht, und Bukephalos warf den Kopf kühn nach hinten, dass die gewaltige Mähne aufflatterte, seine kugligen Augen sprühten Feuer, und seine prallen Flanken zuckten. Da war Alexander ja ganz dicht an Darius herangekommen, und Albrecht sah den Perserkönig, er stand in seinem Wagen, vor ihm der Wagenlenker in bläulich schimmerndem Kettenpanzer und hinter ihm ein kleiner Bogenschütze, und Darius' Antlitz war bleich, aschfahl, ängstlich sahen seine großen, dunklen, weichen Augen aus dem runden, aufgeschwemmten Gesicht, um das die Haare und der Bart, ebenholzschwarz, in Zöpfen geflochten wie Schlangen hingen, und den großen purpurnen Samtmantel, der mit silbernen Sternen und Monden und Tieren bestickt war, hielten seine Hände wie zum Schutze auf der Brust zusammengerafft. Und da stand ihm Alexander gegenüber, war ganz nahe bei ihm, einen Augenblick lang sahen sich die beiden Könige in die Augen, aber Darius konnte diesen blitzenden, klaren, harten Blick wohl nicht ertragen, und er schrie seinen Leuten einen Befehl zu, das Perserheer wendete sich, wollte sich zurückziehen, wollte fliehen, aber das ging nicht so schnell, der Wagen des Darius stand festgerannt, eingeklemmt, konnte nicht vor und zurück, und Darius schrie, schrie, und Alexander drang mit seinen Leuten auf ihn ein, die Perser warfen sich verzweifelt und todestrunken vor ihren König, und es begann ein letztes schauerliches Gemetzel, und Albrecht stürzte mit seinen Leuten vor, bis ganz nahe heran an den Wagen des Darius. Schon stand er vor ihm, schwang sich auf das Trittbrett, Darius hob entsetzt die Arme, die schwarzen Zopfschlangen umzüngelten wild sein Haupt, da hob der kleine Bogenschütze des Darius seinen Bogen und schoss – risch – einen kleinen, scharfen, stählernen Pfeil Albrecht zwischen Schulter und Hals. Albrecht brüllte auf, fiel zurück, Sebald, der hinter ihm stand, zog blitzschnell den Pfeil aus der Wunde, den Augenblick aber nützte Darius, der Wagenlenker riss die Pferde herum, die Bahn war frei, der Wagen stob davon, die Perser wandten sich in rasender, besinnungsloser Flucht ...

»Sieg, Sieg«, hörte Albrecht von allen Seiten rufen, als er aus seiner Ohnmacht erwachte, »heil Alexander, heil Alexander, Sieg!« Und eine Trompete schallte mit einem scharfen, hellen, lang anhaltenden Ton über das Schlachtfeld hin. Albrecht lag auf der Erde, und Sebald hatte seinen Kopf in seinem Schoß. »Er geht herum, Abbi, und spricht mit den Verwundeten und dankt ihnen, gleich kommt er zu dir, du sollst mal sehen«, sagte Sebald leise. »Nicht vorher sterben«, sagte Albrecht, »bitte, nicht vorher sterben.« – »Nein, da ist er ja schon.« Albrecht sah, wie Alexander von seinem Pferd stieg und ihm entgegenschritt, groß waren seine klaren, blauen Augen auf ihn gerichtet, und um seinen harten, jungen, kühnen Mund schwebte ein zartes, kleines, leises Lächeln. Und dann beugte er sich rüber zu Albrecht, seine goldenen Haare hingen dicht über Albrechts Gesicht, und er drückte ihm fest die Hand: »Dank, Albrecht.« Da richtete sich Albrecht mit letzter Kraft ein wenig auf, und er rief, während Blut aus seinem Munde quoll, schluchzend, glücklich: »O Alexander, Alexander, Sieg!«

»Junge, bist du verrückt geworden, was schreist du denn so«, sagte der Onkel flüsternd und rüttelte Albrecht am Arm, »weißt du, das finde ich wirklich peinlich, mitten im Theater schläfst du ein, ich habe dich wohl leise schnarchen hören, und dann fängst du auch noch so an zu schreien. Nee, nee, mein Lieber, das geht zu weit. Du hast mir die ganze Laune verdorben. Gut, dass wenigstens die Musik und der Gesang dein Schreien ein bisschen übertönt hat.« – »Was ist denn los?« fragte Bankdirektor Kölsen. »Finden Sie die Stimme der Gretl auch so schlecht? Das ist vielleicht 'ne Schauspielerin, aber doch keine Sängerin.« – »Aber der Xaverl war doch nett«, flüsterte Fräulein Kölsen, »etwas dick ist er ja allerdings.« – »Na ja, Kurtheater«, sagte Bankdirektor Kölsen. Auf der Bühne sangen sie den Schlussgesang, alle waren da, Gretl, Xaverl, der Baron, seine Freundin aus der Stadt, der Chor der Älpler, und alle, die sich gestritten und verfeindet, hatten sich versöhnt und schaukelten sich, eingehakt, im Walzertakt. Und hinter ihnen stand in hellem Licht die Sennhütte und der Tannenwald. Der Venusmuschelwagenvorhang fiel, man klatschte und erhob sich.

»Wohin gehen wir nun?« sagte Bankdirektor Kölsen, als sie aus dem Kurtheater traten, der Mond stand überm Kurpark und spiegelte sich in seinen Teichen und stehenden Gewässern. »Schon alles arrangiert«, sagte der Onkel, »ich habe mir erlaubt, in der ›Goldenen Traube‹ einen Tisch für uns zu reservieren und ein paar Flaschen guten alten Burgunder bereitzuhalten, es gibt Austern, Forellen, Rehbraten mit Pilzen und für die Damen Fürst-Pückler-Eis.« – »Au, schick, Sie sind goldig«, rief Fräulein Kölsen und hüpfte vor Freude, »Papa, was sagst du dazu?« – »Na«, sagte Bankdirektor Kölsen und strich sich, genießerisch seufzend, den Schnurrbart, »wenn's denn sein muss ...« – »Und Sie alter Brummbär«, sagte Fräulein Kölsen und hakte sich in Albrechts Arm, »sind Sie nun zufrieden, gefällt Ihnen das besser als Xaverl und Gretl? Ich glaube fast, Sie sind doch mehr für das Materielle, als Sie zugeben – was haben Sie für einen guten Onkel.« – »Entschuldigt«, sagte Albrecht und löste sich sanft aus Fräulein Kölsens Arm, »ich möchte nicht mit, ich kann jetzt nicht.« – »Das ist denn doch ...«, rief der Onkel. »Erst schläft er im Theater ein, und dann will er noch nicht mal mit. Warum kannst du denn nicht mit?« – »Ich möchte nicht mit«, sagte Albrecht. »Du gehst mit«, rief der Onkel, »das wäre ja noch schöner, immer eine Extrawurst.« – »Nein, ich möchte nicht«, sagte Albrecht, »entschuldigt mich, ich kann nicht, das ist doch nicht so schlimm, von mir haben Sie doch nichts – gute Nacht, Herr Kölsen, gute Nacht, Fräulein Kölsen, Onkel lass mich doch ...« Albrecht zog den Hut und verschwand schnell im Kurparkdunkel. Die drei standen fassungslos. Bankdirektor Kölsen räusperte sich und murmelte: »Tja, tja, tja, die Jugend von heute.« – »Das ist aber gar nicht nett«, sagte Fräulein Kölsen weinerlich. »So ein Flegel«, sagte der Onkel, »viel zu sehr verwöhnt hat man dich, das kommt dabei raus, warte, Bürschchen, du wirst dich noch sehr umsehen müssen, wenn du in unserer Welt zurechtkommen willst.«

Albrecht wanderte durch die Nacht. Spät kam er bei der Ruine an, dem Rabenstein, es war eine alte Burg, nur noch wenige Mauern und Türme standen, und durch die leeren Fenster schien der runde, blanke Mond. Er setzte sich auf eine bröcklige Mauerkante und sah hinunter ins Tal. Da lag der Kurort im hellen Mondenschein, die Dächer und Kanten des Kurhauses, des Kurtheaters, der Villen und Hotels glänzten scharf, und aus dem feuchten, alten Kurpark stieg ein weicher, milchiger Dunst. Versink im Nebel, du alte Welt – Alexander, Alexander –

Die kalidonische Eberjagd

Demeter Feldfrüchte, Korn und Äpfel, Bacchus aber die Traubenbündel, Athene Öl auf den Altar, und auch den andern starken Göttern die fetten Opfer zum Dank für des Sommers strömenden Segen. Nur nicht Diana, die soll nichts haben, denn Oineus, der König des waldigen Kalidon, ist wütend auf sie. Hat sie ihm doch nicht vergönnt, den weißen Prachthirsch zu erlegen mit den rosigen Lefzen und dem Geweih, elfenbeinern. »Nichts kriegt Diana, die andern alles«, schreit Oineus trunken, dumpf dröhnen die Pauken, Gesänge schallen, und Wein durchglutet den Rundtanz.

Meleager aber, der Sohn des Königs, der braune Prinz mit dem nachtschwarzen Haar und den Augen dunkel und schwimmend in Schwermut, Meleager liegt im Monddunst auf dem Lager und wirft sich hin und her, weil er träumt von Atalante, der wilden Jägerin, wie sie springt durch die Wälder, und es ritzt ihr den Schenkel der Dornbusch. Aber Diana, badend im Waldweiher und umflutet vom Monddunst, und es heulen die Hunde zum Mond auf, und die Gefährtinnen stehen an der Kante des Weihers, halten ihr das Gewand und den Köcher und das gebogene Jagdhorn, Diana muss hören von dem Prachthirsch, dem weißen, der angesprungen kommt und platscht zu ihr in den Weiher und legt das weiche Maul an ihr Ohr, von Oineus Frevelgeschrei. Und springt auf, die Göttin, aus dem stillen Bade und schimpft und flucht, und dann nimmt sie das Jagdhorn und bläst gell in den Nachtwald. Da bricht durch Baumdunkel Urno, der Eber, Dianens Liebling, und: »Hin nach Kalidon und verwüste das Land«, befiehlt sie. Das tut auch Urno und tollt durch Kalidon, zerstampft das gelbe Korn auf den Feldern und frisst die Trauben und Oliven und schlitzt mit den Hauern den Schafen den Bauch auf, steht schnaubend auf der Tenne, durchstößt die Wände und Tragbalken; und der Landmann jammert, wenn das Dach wackelt und einbricht, und wirft sich vor Oineus und berichtet stammelnd von Urnos Wut: von seinen Stacheln, von seinen Hauern, groß wie Zähne des Elefanten, von seinen rollenden roten Augen und seiner Feuerkraft.

Da ruft Meleager, der junge, braune, der immer träumt von Atalante, der wilden Jägerin: »Vater, wir wollen ein Jagdfest bereiten und wollen jagen Urno, den Eber, und auch das andere Wild in den

Wäldern, das üppig in Rudeln drängt durch die Stämme, aber es soll ein Jagdfest werden rauschender als all die vergangenen Jahre, und wollen laden eine große Menge von Helden aus Griechenland, und Atalante, Arkadiens Fürstin, muss auch dabei sein.« – Aber da fragt Oineus: »Warum Atalante, ein Weib?« – »Weil sie«, so ruft Meleager klagend, »die wunderbarste ist der Jägerinnen, schön und mörderisch wild wie Diana, und weil ich träum' von ihr all die Nächte, jetzt auf dem einsamen Sommernachtslager, und weil sie mein Weib werden muss.« – Aber da lacht nur Oineus spöttisch: »Da sieh dir mal an den Grünschnabel, nun, deine Wahl ist gar nicht so übel, sie ist, beim Styx, ein verflixtes Weibsbild, aber sicherlich schwer zu zähmen, nimm dich in acht.«

Und dann kommen sie alle zu Haufen, alle die Helden und großen Jäger, mit Pferden und Knechten und Pfeilen in Köchern und kläffenden Hundekoppeln. Mynthas aus Samothrake und Durcas aus Theben und Kastor und Pollux, die Zwillingsbrüder, Jason aus Korinth und Menalcas aus Boeotien und noch viele andere berühmte Helden, mächtig in Schultern und Brust und Armen, und dazu Oineus, Kalidons König, und Meleager, der feurige, braune, und zwei Brüder von Meleagers Mutter, Thestios Söhne – aber zuletzt kam auch Atalante, schlank und hochbeinig, die windschnelle Läuferin, und lachend mit weißen Zähnen, die Augen blank und die Stimme singend, dunkel wie Waldvogelsang. Auf der Schulter den Elfenbeinköcher und in der Linken den Bogen, mit der Rechten aber an Leinen haltend drei große gefleckte Doggen. Ausgesetzt als Kind in einer Höhle und gesäugt von Bären, getätscht von den Tatzen junger Panther, hat Atalante nur gelebt in Wäldern und war in keiner Behausung zu halten und ist so die große Jägerin geworden, hinstürmend unüberwindlich. Denn als damals die frechen Zentauren Bippo und Kadaunes angesprengt kamen, sie zu überwältigen im Höhlendunkel, da schoss sie beiden den sirrenden Pfeil in Kehle und Brust, und aufbäumend, brüllend und hufeschlagend schlugen sie um – tot. Nun zum ersten Male trat sie unter die Schar der Helden, und es zuckt ihr in allen Gliedern, Urno, den Eber, Dianens Liebling, hinzustrecken, denn sie hasst die Göttin und ihre größere Gewalt in den Wäldern. Als drum Meleager, glutend dunkel, ausruft: »O Atalante, schöner noch bist du als Diana, die Göttin –«, da sieht sie ihn an dankbar und groß, und es wird ihr plötzlich so weich, der Harten, und möchte hinsinken, die Weiße,

Blonde, hin an den dunkeln Mann. Aber eh sie noch sprechen können und die Arme heben, reißt sie schon der Jagdzug hinweg, und mit Hallo und Hurra und Gekläff und Hornruf braust der Schwarm in die Wälder.

Das war im August, in Sommers Hoch-Zeit, wo das Korn schwer wogte auf Feldern im warmen Wind, wo Wolken, großbauschig und weiß, schwammen in zitternder Bläue, wo Trauben, prallrund und blau, goren in Gluten der Mittagssonne, wo Wälder, schauernd und laubüberfüllt, strömten gebirgab zum Meere, und Brandung leckte wollüstig hin über heißen und weißen kalidonischen Strand, und Efeu kletterte gierig auf und kraftaussaugend an Zedernstämmen, und das Schilf in Sümpfen und die braunen Kolben rochen scharf, aber Insekten und Libellen zuckten flirrend darüber hin. Und bald bis tief in die Sumpfwildnis rein drängte die Schar den Eber. Hinter Binsen lauernd, brach er plötzlich hervor, Pfeile und Speere trafen vorbei, schnappende Hunde schüttelt er ab, und, gestochen von harten Stacheln, jaulen sie blutend. Er aber rennt auf Durcas los, der aus Theben gekommen ist, schmeißt sein Pferd um und schleudert ihn hoch und spießt ihn auf mit den Hauern. Und dann duckt er sich wieder zurück in den Sumpf bis an den Kopf im moorigen Wasser. Und bricht wieder hervor, und diesmal durchstößt er Menalcas, dass das Gedärm ihm heraushängt, und verschwindet wieder im Sumpfe. Aber Atalante, ihn hinter Binsen erspähend, traf ihn als erste an Ohr und Stirn, und das Blut lief ihm über die Augen und über die weißen Hauer. »Ein Weib, ein Weib traf ihn zuerst, ihr Helden«, schrie da Meleager. Diana aber, die längst dabei war, ungesehen von der Schar der Helden, hetzt Urno an: »Nun raus, mein Urno, zerreiß sie, die Freche, die Frevlerin, die mehr sich dünkt als Diana, die Göttin, zerstampf sie unter den Klauen.« Und toll vor Wut tanzt Urno heraus, spritzend von braunem Moorschlamm, und hopst und grunzt und schnaubt und rollt rot die glotzenden Augen. Da aber schießt ihm Meleager, risch, den Pfeil in die weiche Flanke. Und Urno plumpst hin, schwer wie ein Sack, im Grase unter der Eiche. Und nun rammen die anderen Helden ihm auch Speere und Pfeile in den Leib rein, und Urno liegt da und röchelt und jappt und schnaubt traurig den letzten Hauch aus. Da schreit Diana: »Rache euch zwein, das werdet ihr bitterlich büßen«, Meleager aber stemmt den Fuß auf Urnos Kopf zum Zeichen des Sieges und hebt den Arm, und dann zieht er dem Eber die Haut ab, schlägt auch ab den Kopf und legt Haut und Kopf Atalante zu Füßen: »Denn dir vor allen stehn sie ja zu, du hast zuerst ihn getroffen.« Diana aber in Jägergestalt, bald ist sie der und bald ist sie der, mischt schnell sich unter die Schar der Helden und zischt ihnen giftige Worte zu, Hass und Zwietracht zu säen: »Wie das? Warum einem Weibe den Preis? Was hat sie denn schließlich geleistet? Die Jägerin hat Meleager den Kopf verdreht, das lassen wir nicht auf uns sitzen. Her das Fell, ihr steht es nicht zu, wir haben alle unsern Teil dran.« Da treten zu Meleager seine beiden Onkel, Thestios Söhne, die Brüder seiner Mutter, und fahren ihn an: »Die Haut bleibt in unserem Hause. Dort in den Festsaal gehört sie hin, wo die anderen Trophäen hängen.« Und aus Gekeif wird Kampf, und Meleager schlägt tot Thestios Söhne, beide.

Als aber Murra, Meleagers Mutter, die Bleiche mit dem schwarzen Haar, und so groß und düster und ernst von Gestalt, hört, dass Meleager Urno besiegt hat, geht sie hin zum Altar mit Dienerinnen und lässt lodern die Dankesflamme, und blickt still ins Feuer schwarzen Blicks, und es tanzen die Mädchen langsam. Abend ist's, und silbrig zirpt durch den Dämmerraum die Kithara. Da sieht sie Oineus verstörten Gesichts hinter der Säule geistern. Und erfahren muss sie: die Brüder tot, erschlagen vom eigenen Sohne. Da hebt sie die Arme und flucht dem Sohn und klagt um die Brüder, beide, und dann schreit sie hart: »Schluss mit dem Tanz, und still du mit der Kithara.« Und neigt das Haupt, so flechtenschwarz, und brütet lange vor sich hin: Das war damals, als Meleager geboren, da brannt' auf dem Altar das Holzscheit. Und hin zu ihr trat schattend die flüsternde Parze: »Solange nur, wie dies Holz besteht auf dem Altar, wird Meleager leben.« Da riss sie das Holzscheit vom Steinblock und barg es tief in der Truhe. Das holt sie nun raus und tritt zurück zum Altar und hält in die Flamme das Holzscheit, und dunkles Schluchzen füllt ihr die Kehle um die Brüder, die toten, und den armen Sohn, um den es nun auch bald geschehn ist. Und schluchzt so laut und zieht zurück das Holz aus dem Feuer, doch wütend dann wieder stößt sie's zurück in die Flamme.

Aber Meleager, liegend auf dem Pantherfell und neben ihm Atalante, und das Dunkel kommt weich, und die Fackeln lohen blutig zwischen den Stämmen, und Tanz auf der Waldwiese im Flackerschein und Beckengeklirr und Flötengeschrill, und Wein und Duft von gebratenem

Fleisch, von Urno, dem Eber, am Spieße, »o endlich«, ruft Meleager, »ist die Stunde da, mein heißester Wunsch ist nun erfüllt, nun kann die Feier beginnen.« Da verhüllt Venus mit Schleiern das Haupt, und den bleichen Elfenbeinstab hebt Proserpina und beginnt traurig aus dem Hades zu winken. Und da steigt schon in ihm die dunkle Flut, das schläfernde Nachtgewässer, steigt durch die Glieder bis in den Kopf und füllt ihm die Augen mit Schwärze. Was war es? War es die Liebe, der Wein, war es die Müdigkeit nach der wütenden Jagd, es sinkt ihm das Haupt schwer hintüber. Und Atalante ruft und schüttelt ihn noch: »Meleager, du Brauner, du Dunkler, bleib wach – das Fest hat ja eben begonnen.« Doch er hört sie nicht mehr, und der Blick so starr – da, ahnungsvoll, beugt sie sich über den Toten.

Und aufgebrannt ist das Holz am Altar, und Murra, die Mutter, schleppenden Schritts, geht fort aus dem Tempel zur Kammer. Bindet los die Hüftschnur und hängt sich auf am dicken Balken der Decke. Und Monddunst schwillt um die stille Frau, die Frau in der stillen Kammer.

Das ist das Lied von Lust, Rausch und Tod, von der großen Jagd im waldigen Kalidon, von Atalante und Meleager und der Rache der Göttin Diana.

Der Raub der Europa

Zeus hatte anstrengende Tage hinter sich – oder waren es Jahre? Was wissen wir von der Zeit der Götter? Jahre sind für sie Tage und Tage Stunden. Flüssen hatte er einen anderen Lauf gegeben, Meere eingedämmt, Unwetter über die Erde gejagt und Blitze geschleudert, Kriege der Menschen entfacht und neue Reiche gegründet, Wolken verschoben und Sterne an den Himmel gestellt. Nun war er müde, nun war alles getan, er war zufrieden, aber er war müde, in Ordnung kreiste die Welt, einsam thronte er dort, hoch oben auf dem Berg in dem schweren, goldenen Stuhl, und es war später Nachmittag, der Dunst der schwülen Stunden hatte sich verzogen, Helios' Gespann trabte schon ermattet schnaufend dem Westen zu, hoch über Zeus' Haupt in der stillen Luft kreisten seine beiden Adler – da umfasste Zeus mit einem großen Götterblick, strahlend, ruhig und klar, die vor ihm gebreitete Welt, Städte und Dörfer, Gebirge und Meere, Inseln und Häfen und Schiffe – vom griechischen Land bis in das ferne uralte Asien hinein, alles schwimmend im silbernen Spätlicht, und er lehnte sich aufatmend und seufzend in seinen Stuhl zurück und sagte leise vor sich hin: »Gut, gut, das wäre getan. Feiern möchte ich jetzt, aber mit wem? Leer ist die Götterhalle, allein haben sie mich gelassen. Soll es denn keine Freude mehr für mich geben, nur Arbeit und Sorgen? Feiern möcht' ich wie in den alten glücklichen Tagen. O damals mit Leda, damals mit Semele, mit Alkmene ... Weiß ich denn noch, was Freude ist?« Und es traf ihn ein kühler Hauch, der erste Abendhauch, und er erschauerte leis.

Da glitt sein Blick, fast achtlos, über die Küste von Asien hin, und da war eine Bucht am Meer, weit geschwungen und von dunkelbewaldeten Bergen umschlossen, und aus Zedern und Zypressen ragte die weiße Königsstadt Tyrus, und unten am Strande auf den saftigen Wiesen spielte die Prinzessin Europa, die Tochter des Königs von Tyrus, mit ihren Freundinnen. Sie warfen sich den goldenen Ball zu und liefen kreischend und die schweren Röcke raffend ihm entgegen und griffen ihn aus der Luft, und die Schiffe mit den sanftgeblähten roten und braunen Segeln glitten vom Meer in den Hafen von Tyrus, und vom Berge herunter, aus dem schwarzen Zedernwald zog die Rinderherde des Königs von Tyrus hinunter in das Tal und auf die

Meerwiesen, wo die Prinzessin spielte, und der Hirt Andos, ein brauner Jüngling, trieb sie an, und die Rinder begannen zu grasen, und sie liefen zum Strande und tranken. Und der Abendnebel begann leise aus den Wiesen zu steigen, und Europa hörte auf mit dem Ball zu spielen und ließ sich auf einen Hügel gleiten und befahl den Mädchen, Blumen zu pflücken, und während die Mädchen die Blumen sammelten, Hyazinthen, Veilchen, Narzissen, Krokus und Quendel, und ihr in den Schoß legten, und Europa dicke Kränze daraus wand, schaute sie verstohlen zu Andos hinüber, der sich auf einem Stein, nicht weit von ihr, niedergelassen hatte, den Hirtenstab hatte er ins Gras gelegt und seine siebenröhrige Flöte an den Mund gehoben, und nun blies er ein klagendes, sehnsüchtiges Lied, o das klang so süß, so schwer, so herzzerbrechend, seine Blicke hatte er niedergeschlagen, und nur manchmal wagte er es, zu der Prinzessin hinüberzusehen mit seinen braunen vollen Augen. »Sieht er nicht aus wie Apoll, als er dem Admet die Rinder hütete«, flüsterte Europa ihrer Freundin Arkane zu.

Nun sieh dir diesen Fant an, dachte Zeus, ist nichts als jung und schön und nur ein Hirte und kann ein bisschen auf der Flöte blasen und gewinnt das Herz einer Prinzessin, o diese Blicke, die hin und wieder gehen, o wie sind beide traurig, wie sind sie glücklich. O an seiner Stelle sitzen, so angeblickt werden … Wie konnt' ich dies Mädchen übersehen, zu lange hab' ich mich nicht um Tyrus beküm-mert, zu viel hat man im Kopf. Damals, das war doch ein kleines unscheinbares Ding, was da im Schloss von Tyrus herumhüpfte, und nun ist daraus diese Jungfrau geworden, halb Prinzessin, halb Bauern-mädchen und Hirtin, kräftig und saftvoll in den Gliedern, mit runden Armen, weichem, perlmutternem Fleisch, üppigem, festem Busen, mit Grübchen in den Backen, einem blinkenden Mund und schwimmen-dem blauem Blick, und das strotzende Goldhaar, die weizengelbe Mähne, in ein Netz gebändigt über dem schweren Nacken.

Und nun waren die Kränze fertig, und Europa rief: »So, nun wollen wir die Kühe schmücken, jede soll sich ein Tier aussuchen, das ihr am besten gefällt«, und die Rinder, als hätten sie Europas Ruf verstan-den, drängten sich näher an die Mädchen heran und leckten ihnen Hände und Arme mit den rosigen, fleischigen Zungen. Ach, Europa hatte sich das alles ja nur ausgedacht, um auf diese Weise Andos zu schmeicheln und zu ehren, denn am liebsten hätte sie ihm selber den

Kranz auf die nächtlichen Locken gedrückt. Und als Europa umherschaute, um einen Stier zu finden, der ihres Kranzes würdig sei, da war Zeus' Entschluss gefasst, ein zuckender Blitz ja sind die Taten und Verwandlungen der Götter, schon war der olympische Thron leer, und ein mächtiger Stier drängte sich aus der Herde an Europa heran und rieb sein gewaltiges Haupt an ihrem gelben, seidenen Kleid und gab ihr einen kleinen ermunternden Stoß. »Dies ist mein Stier«, rief da Europa, »o was für ein prachtvoller Stier, Arkane, Medune, Arietta, nun guckt euch doch bloß dieses Tier an, kommt, helft mir ihn bekränzen, er ist der schönste von allen.« Und die Mädchen kamen herzu, und Europa hing ihm die schweren duftenden Kränze um die gewundenen Hörner, und die Mädchen schmückten seinen Hals, seine bebenden Flanken, seine Beine. Indessen blies Andos weiter auf seiner Flöte und wiegte sein Haupt im Takt und war so versunken in seine süßen werbenden Töne und in das Bild der Prinzessin, dass er gar nicht sah, was für ein seltsamer Stier sich da unter seine Herde gemischt hatte. Es war ein Stier, größer und königlicher als alle anderen, mit einem weichen Fell, das honiggelb schimmerte, mit stolz gedrehten Hörnern, großen glänzenden Kugelaugen und sanften, rosig bebenden Nüstern, mit einer breiten fetten Wampe, die majestätisch hin und her schwankte. Und plötzlich sank der Stier demütig vor Europa in die Knie und hielt ihr den Rücken hin, und die Mädchen riefen: »Europa, er will, dass du auf ihm reitest, setz dich doch drauf.« Und Europa sagte: »Meint ihr, ich soll's versuchen?« – »Ja, setz dich drauf«, und schon saß Europa auf dem Rücken, der Stier erhob sich und ging gemächlich und zufrieden brummend über die Wiese und zum Strand und platsch, platsch, platsch in die ersten Wellen. »Jetzt reit' ich fort übers Meer mit meinem guten Stier«, rief lachend Europa ihren Freundinnen zu, und als der Stier schon bis zum Bauch im Wasser stand, flüsterte ihm Europa ins Ohr: »Nun aber nicht weiter, mein Lieber«, und der Stier schien langsam mit dem Kopf zu nicken und wieherte leise auf – klang das nicht wie Gelächter? Und dann – ja, dann gab es plötzlich einen Ruck, Europa fiel vornüber und klammerte sich an die Hörner, und der Stier warf sich weit voraus und brauste, brauste ins Meer hinaus. »Beim Zeus«, rief Europa, »er ist verrückt geworden«, und die Mädchen am Ufer kreischten und winkten: »Europa, spring doch ins Wasser, schwimm zurück, wenn du auch nass wirst«, aber da waren sie schon so weit draußen, dass Europa nicht mehr den Mut hatte, abzuspringen, und sie schrie: »Andos, Andos, hilf doch«, und da erst wachte Andos aus seinen melodischen Träumereien auf, erkannte, was geschehen war, warf die Flöte ins Gras, riss das Lammfell ab, raste zum Strand und schoss in die Brandung, weit griff er aus, ruck, ruck, ruck, er war ein glänzender Schwimmer, und er prustete, und er winkte mit dem braunen Arm: »Prinzessin Europa, ich komme ...« Ach ja, er gab sich wirklich alle Mühe, der arme Junge, aber er wusste ja nicht, mit wem er es zu tun hatte, und ob Europa nun weinte und schrie und schimpfte und flehte und mit ihren weichen Fäusten auf den Stier einhämmerte: »Zurück, zurück«, und ihn an den Hörnern zerrte, darum kümmerte sich das Untier gar nicht, es brauste weiter, erhobenen Hauptes, und aus seinen geblähten Nüstern drang ein dumpfer, seliger Ton. Schon sah Europa den Andos nicht mehr, sah ihre Freundinnen nicht mehr, die Küste schwamm zu einem graugrünen Streif zusammen und versank hinterm Horizont, und sie waren allein auf der offenen See. Ganz still wurde da Europa, hörte auf zu weinen und schaute mit großen ängstlichen Augen umher. Was war das für ein Tier, das so rasend schnell schwimmen konnte, und wohin würde es sie führen? Und: »Muh, muh«, klang es von dem Stier, so tröstend, so begütigend, als wollte er sagen: sei nicht traurig, hab doch keine Angst.

Längst war die Sonne untergegangen, der Mond stand am Himmel, rund und hell, und das Meer erglänzte in der Weite. Wind drängte sich ihnen entgegen und blähte Europas gelben Seidenrock, dass er flatterte und knisterte, hoch rauschte die Welle an der Brust des Stiers, und sein honiggelbes Fell glomm sanft und verbreitete eine goldene Aureole, und es drang eine Kraft aus dem Leibe des Stiers in Europa, in das ganze Meer ein, ein Schauer von Wonne und Entzücken bebte und zuckte durch seine Gründe hin, und ein Schauspiel begann, dass Europa die Augen übergingen. Scharen von Delphinen tauchten auf und umkreisten, umkugelten ihre Fahrt, und ihre fetten Rücken spiegelten wie Mondsicheln, weiße Najadenleiber hoben sich aus der Flut, streckten die Arme Europa entgegen und zergingen wie Meerschaum, Tritonen schossen hoch, umgriffen mit sehnigen Armen den Bauch des Stiers, triefend die Zottelbrust und das schilfbekränzte, moosgrüne Haar, und grinsten mit ihren pausbackigen, kastanienroten Gesichtern, den dicken Knollnasen, dem bleckenden, weißen Gebiss Europa frech entgegen. Und weiter ging's in rauschender Fahrt –

muh, muh – unter Kreischen und Lachen und Jubel des Meervolks: Inseln tauchten auf mit felsigen Grotten, aus denen Nymphenchöre geisterhaft ihnen zusangen, und versanken, Wind wehte warm und duftete von Meertang, Wolken zogen über ihnen hin, Möwen schrien, und der Mond glänzte. Und als dann ein Wagen über das Meer kam, gezogen von sechs fliegenden Schwänen, und darinnen saß die Meerkönigin Amphitrite und stand auf und winkte ihnen zu, und hinter ihr standen drei Mädchen mit Harfen, die machten eine Musik, silbern wie flüssiges Glas, und als ein riesiger Wal seinen Rumpf aus den Wogen wälzte, und auf seinem Rücken saß Poseidon in höchsteigener Person, in der einen Hand den Dreizack schwingend und in der anderen ein dickbäuchiges Muschelhorn, und darauf tutete er sein schwertoniges, sausendes Windlied, und die Tritonen und Najaden umschlangen sich, sangen und grölten und tanzten danach ihre Reigen, und als das Licht des Mondes immer stärker wurde und tief hinunter schien in die Gründe des Meeres, dass die Korallenriffe, kristallenen Wälder, Grotten, Paläste und gesunkenen Schiffe aufflimmerten, und Europa die Schwärme von Fischen sah, die silberblitzend unter ihnen dahinschossen, und als dann noch aus dem Haupt von Poseidons Riesenwal ein breiter Strahl aufsprang und platschend zerstäubte wie eine Fontäne, da war Europa nicht mehr zuhalten, vergessen hatte sie alle Angst und Traurigkeit, und sie warf sich hinein in den Wind, in die mächtige Strömung, die sie ergriffen, und sie presste die Hände an die Schläfen und beugte sich trunken nach hinten, und aus ihrer Kehle drang ein jubelnder Schrei, und der Stier antwortete ihr darauf mit seinem tiefen langgezogenen Muhton. Und weiter, weiter. Versunken Poseidon und Amphitrite und das ganze Meervolk, und neue Inseln, in der Ferne vorüberfliegend, und die schweren, dunkelgrünen Wogenberge mit beglänzten Schaumkämmen vorbeirollend, und der Stier leicht und schnell darüberhin, und das Wasser rauschend an seiner Brust.

Und dann endlich tauchte eine Küste auf, die kreidiggrell im Mondlicht gleißte, und darauf zu steuerte der Stier – muh, muh – und schon stieg er an den Strand und blieb im Sande stehen. Europa glitt von seinem Rücken, der Stier sah sie noch einmal nachdenklich von der Seite an mit seinen glänzenden Kugelaugen, dann schritt er davon und verschwand in einem nahen Eichenhain. Verwirrt, betäubt blieb Europa zurück. Weiß leuchtete die Küste und steil, Wälder strömten in Schluchten zum Meer, und dort unten, nahe am Strand, vor dem kleinen Eichenhain, stand ein Tempel mit Säulen, und aus seinem Inneren kam ein rötlicher Schein. Gleich ging Europa darauf zu. Vielleicht traf sie dort Menschen, die sie schützen und zu ihrem Vater zurückführen konnten. Und sie durchschritt die Säulenvorhalle und trat in den Innenraum. Kohle glomm in Becken, Weihrauch wirbelte süß und berauschend, gedämpfte Musik erscholl von irgendwoher und schwoll immer mehr an, aus dem Rauch stieg im rötlichen Dämmer das Bildnis der Göttin Aphrodite, sie hob grüßend die Hand und lächelte verheißungsvoll, und in die Falten ihres Gewandes verbarg sich, verschmitzt blickend, ein kleiner Eros. Da hörte Europa hinter sich Schritte, hastig drehte sie sich um, und vor ihr stand – Andos. Ja, er war es und war es auch wieder nicht. Das war seine Gestalt, sein Lächeln, sein Auge, aber alles ins Größere, Glänzendere, Heldenhafte gehoben. Und er trug nicht mehr das Lammfell, sondern ein gesprenkeltes Pantherfell, und der Hirtenstab in der Hand hatte sich in einen geschnitzten, elfenbeinernen Königsstab verwandelt, und in den nächtlichen Locken und auf der schmalen, braunen Stirn trug er einen goldenen Reif, in dessen Mitte ein großer Rubin blutig glühte, aber noch tiefer und feuriger glühten seine schweren dunklen Augen. Und Europa wankte ihm entgegen, sank an ihm hin: »Bist du es denn, Andos? Wie kommst du hierher? Bist du denn nicht ertrunken? O ich hatte solche Angst vor dem Stier, du musst mich vor ihm schützen. Bist du denn kein Hirte, wie siehst du denn aus, wer bist du denn, Andos?« Aber er schloss ihr den Mund, sanft, und legte den Arm um ihren Nacken und sagte: »Du wirst sehen, wer ich bin, hab Vertrauen, komm –« Und da ging im Hintergrunde des Tempels ein Vorhang auseinander, Trommeln ertönten und Flöten und Harfen, und eine große Halle tat sich strahlendhell vor ihnen auf, und da saßen an langen Tafeln –

Doch halt, halt. Was jetzt beginnt, ist eins von jenen Festen, wo Götter und Halbgötter in Lust und Seligkeit hinschmelzen und vergehen, wer vermöchte das in armen Worten zu schildern? Bescheiden wir uns und berichten nur noch schnell den Schluss der Geschichte.

Als Europa am nächsten Morgen aufwachte, glaubte sie zunächst, sie läge auf ihrem Lager im Königsschloss Tyrus. »Ein herrlicher Traum«, rief sie aus, »oh, wenn's doch immer so weiterginge«, aber dann sah sie, wo sie lag, nämlich auf einem Wiesenhügel unter einem

Weidenbaum vor dem Tempel der Aphrodite. Die Sonne stand schon hoch überm Meer, weiß und erbarmungslos leuchtete die Kreideküste ihr entgegen, und die Brandung rollte gleichgültig über den Strand. Da sprang sie auf und raste umher. Also alles Wirklichkeit, und sie sah das strenge Gesicht ihres Vaters, nie wieder durfte sie ihm unter die Augen treten, mit dem Hirten Andos, wie konnte sie nur, sie war bezaubert, verhext, und sie raffte den gelben Seidenrock und war entschlossen, auf den Felsen zu steigen und sich ins Meer zu stürzen, das war ja das einzige, was ihr noch übrigblieb. Als sie aber an dem Tempel vorbeikam, erklang ein dunkelweicher Gongschlag, und die Türe sprang auseinander, und auf den Stufen erschien die Göttin Aphrodite, sie lächelte freundlich und ein wenig schuldbewusst und winkte sie heran, und in die Falten ihres Gewandes verbarg sich, verschmitzt blickend, der kleine Eros.

»Du Törin«, sagte die Göttin, »lass doch das Rasen. Du hast allen Grund, stolz zu sein und zu frohlocken, denn wisse, Zeus selber war es, der geruht hat, dich als Stier zu besuchen und zu entführen und der diese Nacht in der Gestalt des Hirten Andos bei dir war. Große Ehre ist dir widerfahren.« – »Oh«, rief Europa und sank in die Knie. – »Durch alle Zeiten hin wird dein Ruhm glänzen«, sagte die Göttin, »du wirst einen Sohn gebären, der ein großer Held und König sein wird, und dies Land, zu dem dich Zeus von Asien her übers Meer geführt hat, soll auf immer deinen Namen tragen: Europa, zur Erinnerung an die Seligkeit dieser einen Nacht, traurig war Zeus' Herz gewesen, und du hast es froh gemacht.« Aber Europa schien wenig Sinn für diese Gnaden und großen Ausblicke zu haben, denn sie jammerte plötzlich: »Ach, lieber hätte Zeus das nicht tun sollen. Was wird mein Vater sagen, nichts wird er mir glauben, wie soll ich ihm das alles denn begreiflich machen?« – »Auch dafür ist gesorgt«, sagte die Göttin, »schon in der Nacht hat Zeus Hermes als Boten an deinen Vater gesandt, der ihn von allem unterrichtet hat. Dein Vater ist der glücklichste der Menschen, schon hat er ein Schiff ausgesandt, um dich zu holen.«

»Und Andos, wo ist Andos?« rief Europa. »Ja, mein Kind«, sagte die Göttin und senkte die Stimme, »Andos, der Hirte, ist, als er dir nachschwamm, in den Wellen ertrunken. Er ist nicht zurückgekommen. Aber ein Hirte, Europa, das wäre ja doch nie gegangen.« Und da weinte Europa, weinte und weinte und klagte: »Andos, armer Andos, für mich hat er sein Leben hingegeben, und ich glaubte, noch diese Nacht ihn in den Armen zu halten, und er war schon tot.« Da schob Aphrodite sachte den kleinen Eros vor, und Eros lief zu Europa und schmiegte sich an sie und streichelte ihr Haar und küsste ihr die Tränen von den Augen.

Lightning Source UK Ltd.
Milton Keynes UK
UKHW021054021120
372650UK00003B/345